南極メルトダウン

北沢　栄

産学社

南極メルトダウン　目次

北極域

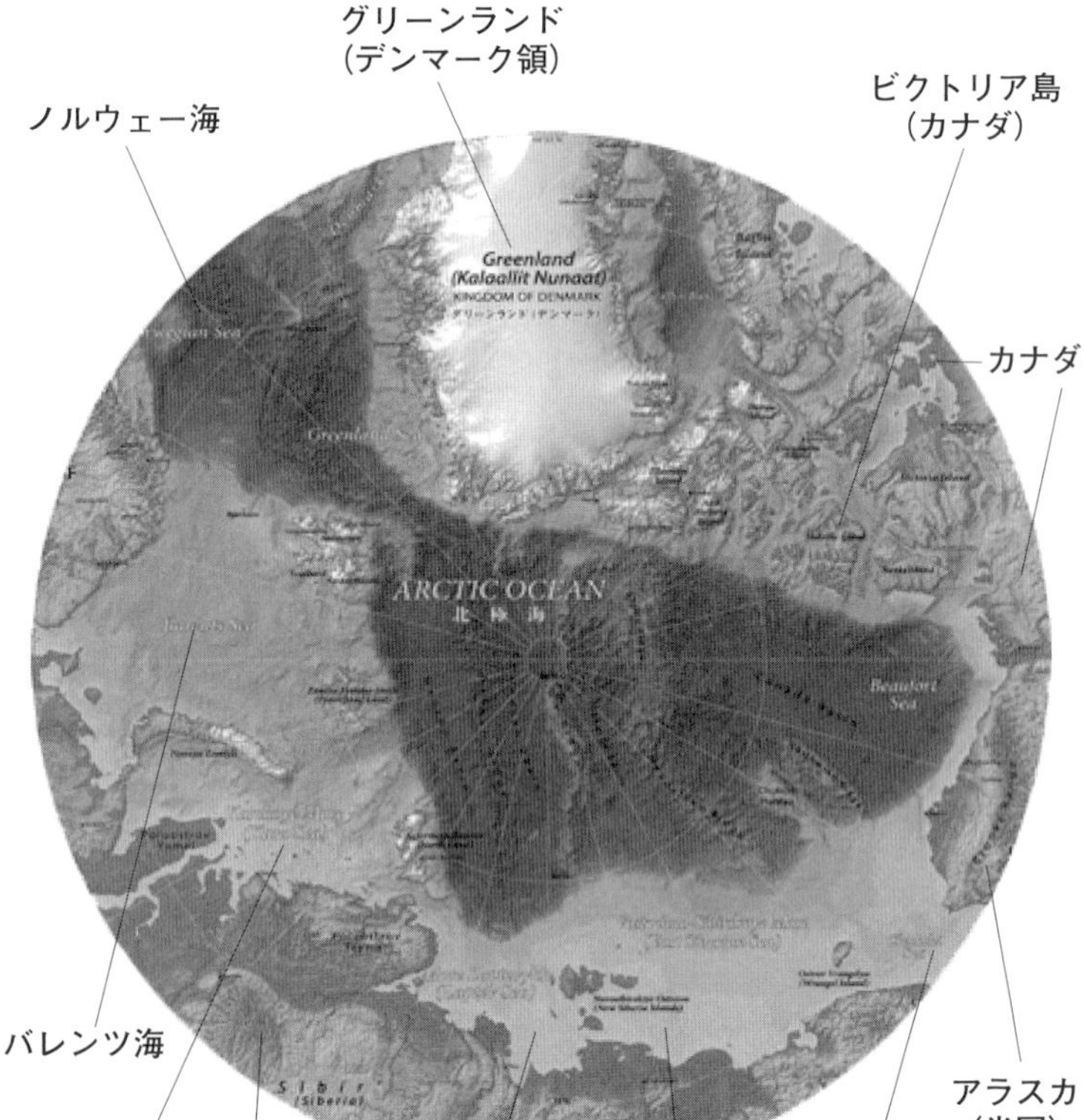

(国立極地研究所の作成地図に筆者補筆)

南極大陸

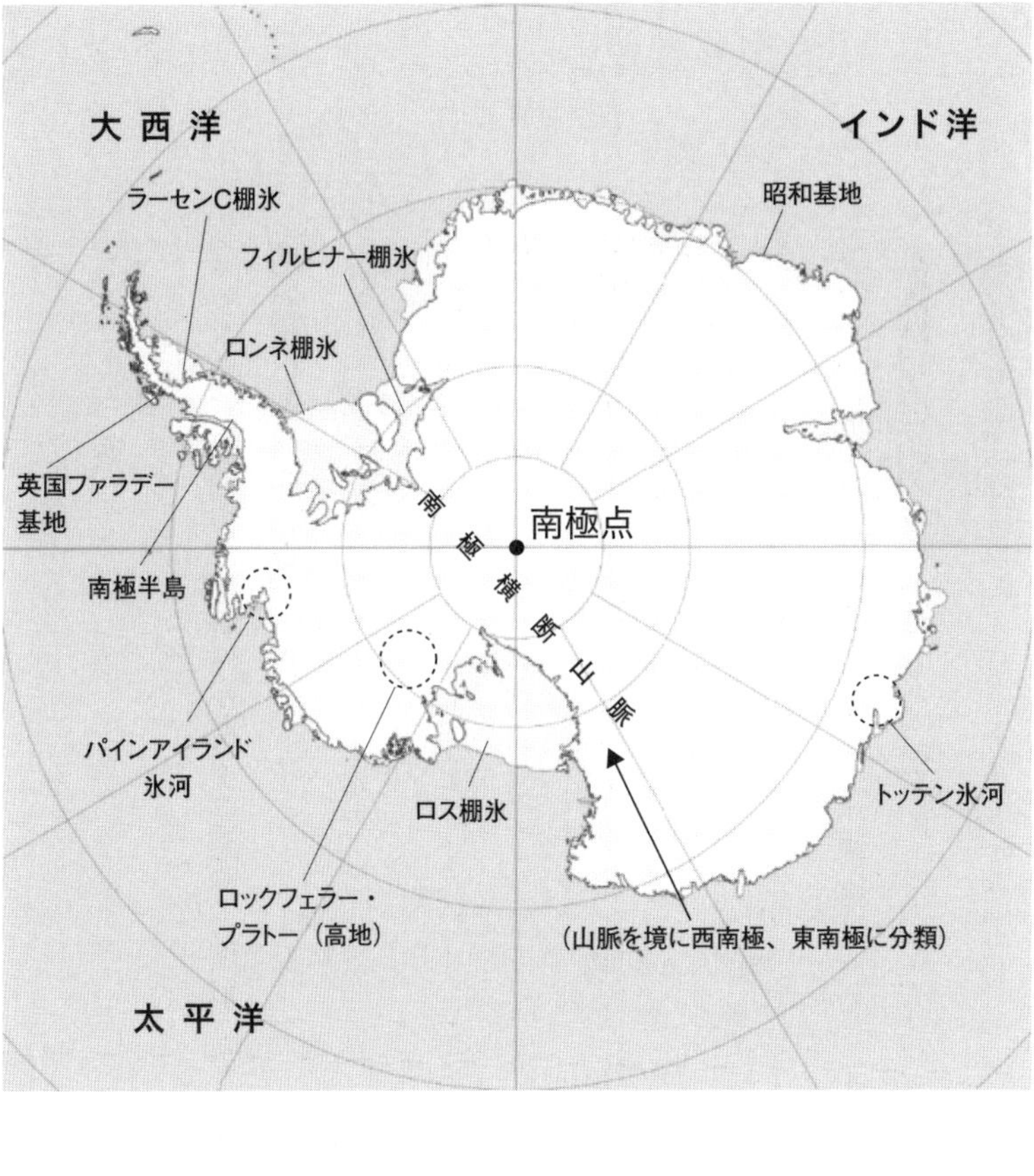

（白地図をもとに筆者作成）

主な登場人物

白井 清　気象予報官を勤めた気象庁を自主退職後、環境ジャーナリスト。地球温暖化現象を調査・研究。

理枝　清の妻。旧約聖書に詳しい。

克間 文太　気象庁のベテラン部長で白井の元上司。上司には厳しく部下には優しい。

ジャック・オルソン　石油・ガス大手の多国籍企業、米サクソン社の会長兼ＣＥＯ。北極開発に執念を燃やす。

ハリー・アトキンソン　米サクソン社財務担当副会長でオルソンの腹心。

東郷 太郎　グローバル・コンサルティング社上級顧問・シェールオイル担当。国際環境会議の動向を偵察。

ジョウ　米政府系機関の日本人スパイ・エージェント。

秋田 浩二　石油大手「東海石油」参与。未来戦略担当。
真鍋 輝太郎　気象庁総務局長。政権の〝空気〟を忖度。
ジョージ・キアロハ　1960年のチリ地震津波の教訓からハワイ島で「ノアの箱舟」を建造。
筒見 正人　環境省の地球温暖化対策課長。白井と手を組み、温暖化問題に対応。
カルロス・マジーリ　ブラジル国立宇宙科学研究所の特別調査官。アマゾンの森林破壊を憂慮。
マーティン・スミス　米大統領首席補佐官。対日工作を指揮。
岡崎 慎一　大学教授。高潮・津波災害研究の第一人者。

この物語は地球温暖化の驚くべき実態を手がかりに、近未来に発生しうる地球環境の大崩壊を描いたフィクションである。

ただし、背景説明等に使用した温暖化指標などのデータは全て事実で、科学的な根拠に裏付けられている。米トランプ大統領のような実在の人物の場合は、その言動が全てイマジネーションの産物であることをお断りしたい。

I

天変地異

1. 止まない豪雨

２０１９年夏——。

「あなた！　また雨よ、雷が鳴っている。ひどい。いつ止むのかしら」

理枝がカーテンを開け、窓の外を見やって叫んだ。外は降りしきる雨が路上を跳ね、白く煙って見える。

「もうこれで3週間も晴れ間なし。〝日本列島、お日様消えて雨降り止まず〟だ。あちこちで洪水、土砂崩れ、家屋浸水……この異常気象、一体どうなってしまったのかな？」

気象庁に勤める夫の気象予報官、白井清は仕事柄、目を覚ますとラジオでまず天気予報を聞く。清がベッドに横たわったまま右手を伸ばしてラジオのスイッチを入れた。臨時ニュースが流れてきた。

「ただいま入ってきた災害速報によりますと、本日午前6時10分頃、群馬県の矢木沢ダムが決壊し、大量の貯蔵水が流出して付近一帯に被害を出した模様です。繰り返します。……」

清は咄嗟《とっさ》に時計を見た。

「決壊はほんの7分前のことだ。八木沢がダメなら、ほかの水瓶も危ない。このところ群馬は集中豪雨に見舞われているからな」

清のつぶやきを聞いて、理枝が目を見開いた。

「八木沢が決壊？　大事《おおごと》よ。八木沢で終わらない。群馬は東京都民の水源。あたしの叔父が群馬の出だから、昔よく遊びに行って知ってる。あそこには沢山のダムがある。相俣《あいまた》ダム、藤原ダム、奈良俣《ならまた》ダム、品木《しなき》ダム……そう、まだある。国のダムだけでたしか10近くある。これ、みんな危ないのではないかな」

清が冷静に引き継いだ。

「そう、みんな危ない。集中豪雨が続いて放流が追いつかない。ダムの決壊、利根川水系の氾濫、洪水となると、大変だ。流域の住民は水害に襲われる。緊急避難しなければならない」

その時、ラジオが再び緊急速報を伝えた。

「本日、午前6時15分過ぎ、八木沢ダムに続き、群馬県の藤原ダム、奈良俣ダムも相次いで決壊しました。繰り返します。……」

「やはり最悪の事態になった。決壊が連鎖反応を起こし、大洪水を引き起こす恐れが強まった」

2人は顔を見合わせた。折からの稲光が一瞬、2人の顔を青白く照らした。暗くなった直後、ゴロゴロドーン！　と、雷が大地を揺るがす勢いで落ちた。

「怖い！　すぐ近くよ」。理枝が清の腕を取って、身をのけぞらせた。

「南無阿弥陀仏……ほら、言っていた通りだ。地球はこうなると。いよいよ末世だな」

清が憮然《ぶぜん》として言った。

理枝が清の顔を覗き込んだ。

「あなた、怖くないの。あたし、怖い。なんだか、いままでとは違う。とんでもないことが起こっている気がするの」

「たしかに、とんでもない異変が起こっている。天変地異というやつだ。この日本、いや全地球で。予想していた通りだ。昨日《きのう》、テレビでヴェネチアが水没しかけているニュースを見たね。1階は天井まで浸水、やむなく主婦が2階の窓から共同のボートに乗って外出している風景。ショックだったな。あの美しい水の都が、永遠に海中に没してしまうのか。

正直、そうなる可能性は高い。なぜって原因は海面の上昇だから。上昇の原因は、温暖化のせいで陸地の氷や北極や南極の氷が融けたからだよ。海面の上昇に人類はなす術《すべ》がない」

「そういえば、昨日のニュースではアムステルダムの市街地の一部も冠水して住めなくなったって。オランダの海抜ゼロ以下の地域は、水没の危険と隣り合わせになると伝えていた」

聞きながら、清の目の前にゴンドラに揺られて水上からヴェネチアを見て回った、あの日が鮮やかに浮かび上がった。

それは学生時代の最後の休暇で、独り旅だった。ヴェネチアの黄昏時《たそがれ》、橋の上にたたずんで見たヴェネチアは息を呑むほどに美しかった。舟歌を乗せてゴンドラが足元から現れ、さざ波の川面を漂って行った。薄暮《はくぼ》の中、建物のあちらこちらで灯が点り、遠くへ去るゴンドラの白い背を微かに照らした。

「限りなく幻影的な風景。この世のものではない古都ヴェネチアの世界……これは幻視ではないのか」と、その日の日記に書き殴ったっけ。

そのうち、サンマルコ広場が不意に視界に現れた。大勢の観光客で賑わっている。

次の瞬間、広場に海水が流れ込み、見る間に覆われていく風景に変わった。広場に面したサンマルコ寺院の1階部分はみるみる水に漬かってしまった……。


「もしも、天変地異がこのまま続いて人類が滅んだとすると、人は平均して30代、おそらくぼくより6、7歳若い30代半ばで、死んでしまうことになるだろうね」

清が唐突に人類滅亡の話を持ち出した。

「まさか……でも、ありえないことじゃない。地震、津波、集中豪雨、旱魃、噴火、それに海面の上昇……止《とど》めの一撃は何かしら？」

「ぼくも同じことを考えていた。止めの一撃は洪水じゃないかな」

「洪水！　聖書に記されているような大洪水が地上を襲う？　北極、南極の氷が一斉に溶けて大暴風に見舞われる、ということかしら」

「おそらくそれが最悪のシナリオだろう。旧約聖書の創世記には、ノアが神に命じられて箱舟に入って7日後に洪水が地に起こった、とある」

清は前日に読み返した聖書の件《くだり》を話した。

「7日後？　それから続けて大雨が降り注いだ」

「そう、雨は40日40夜、地に降り注いだ。箱舟は地から高く持ち上げられ水のおもてに漂った。高い山々は水に覆われ、鼻に息のあるすべてのもの、陸にいたすべてのものは死んだ。ノアと、彼と共に箱舟にいたものだけが生き残った。水は150日の間地上にみなぎった、とある」

「それがまた、この現代に起こるのかしら」

理枝の表情が曇った。

「否定できない。このところの世界の天変地異は異常だ。同時に、人間のアタマも均衡を失って変調を来《きた》している」

清が低い声でつぶやいた。

清は天候が人の性質に与える影響は案外に大きいと見ている。天気がカラッと晴れれば、大ていの人は気分も晴れて明るくなる。雨が続けば、ウツ的な気分に閉ざされる。友人の1人は、低気圧が近づくと気分も体調もひどく悪化する、と嘆いている。

自分もまた42歳のいまに至るまで、天気と共に生きる〝天気男〟とみなしてきた。好天になれば気分がよくなり、郊外にでも出かけてみようと浮き足立つ外向き人間。雨になれば家にこもって本を読んだり、あれこれ考えたり、料理作りにこだわる内向き人間になる。

低気圧も苦手だ。ひどいと体も抑えられる感じで、意気が上がらない。気が晴れない。

だが、清は〝天気男〟を単に天候次第で感情が浮き沈みするお天気家さんとは思っていない。

その本質を「自然人間」とみる。もっと正確に言うと「自然と共にいる、自然と一体化した人間」だ。

ある日、古くからの友人に自分をこう自己分析してみせたことがある。

「おれって、自然と一体化男だ。自然の脈拍がおれの生命の鼓動なのだ。自然が上機嫌だと気分がいい、自然が荒れると心も騒いでくる」

すると、友は応えたものだ。

「分かった。だからお前は世渡りが下手なんだ。社会のほうよりも自然のほうに目が向いているからな。まじめ一筋で妥協知らず。徹底的に〝わが道を行く〟野人で、文明の空気が読めない。ＫＹだから出世しないんだよ、お前は」

清は自分自身、この友人が言っている通りだと思った。自分は空気を読む人間とは程遠い。気付いてみると、格闘するうちに四十路をいつのまにか越えてしまった。同期の一部は課長に昇格したが、自分は相変わらずヒラの調査員のままだ。（それもいいだろう。おれは仕事が満足で、仕事を愛しているのだから）。そう思って自らを慰めたものだった。

だが、自然の神は清を見捨てなかった。七つ年下の理枝とふとしたことから知り合い、相思相愛の仲になったのだ。清はこう思っている。理枝は清の自然が荒れ狂ってもこれを優しく包んで癒してくれる大地の女神なのだ、と。

清はノアの箱舟時代に話を戻した。

「はっきりしている事は、洪水伝説には根拠があるということだ。生存を脅かす大洪水が実在したのだよ。古代メソポタミアの洪水物語では、四つの伝説が神の怒りによる洪水を叙述している」

「旧約聖書以前に四つも?」

理枝が驚きの色を浮かべた。

「そう、四つ。一番古いのがシュメール伝説だ。これが洪水物語の原型になっている。史実によれば、エンキ神が王に人類を滅ぼす洪水を予告し、王に大きな船の建設を命じる。次にバビロニア伝説。世界最古の叙事詩『ギルガメシュ叙事詩』に、洪水物語が記されてある。第三にアッカド伝説。第四にベロッソス書。

シュメール伝説に始まって、洪水物語は広く語り継げられてきた。そしてノアが現れるわけだ」。清が持論を展開した。

(なるほど、古代オリエント研究家だけある)。理枝はその専門知識に舌を巻いた。

清は有名私大の学生時代に、古代オリエント研究会に所属していた。その研究の一環で旧約聖書を勉強したと聞いた。ノアの箱舟への興味も、この学習過程で深まったに違いなかった。

(洪水物語は、人類の黎明期より存在していたのだ。人類の最初の記憶の中に深く刻まれ、再三にわたって伝えられたのだから、よほど忘れられない重大事件だったのだろう)と理枝は推理した。

「ということは、人類最初期にメソポタミア地方に集まっていた人類が、等しく共有した集団的な記憶なのだ。このように人類最古の四つの伝説に記されていることをみれば、人類が最初期に大洪水に襲われ、滅亡の淵に追い込まれたことは疑いない事実だろう」

清が理枝の興味深げな反応を見て続けた。

「奇妙なことに、メソポタミアの洪水伝説には、神がなぜ人間に洪水の懲罰を下したのか、説明がない。だが、ノアの場合、神の怒りははっきりしている。聖書では、神は人間の悪徳を断罪している。ここがメソポタミア伝説との違いだ」

理枝は「そうなんだ……」と相づちを打って、学生時代に読んだ聖書の『創世記』を思い出した。

神の加護を得て、正直男が大災厄を生き延びる物語にすっかり魅了されたっけ。

そこには壮大なロマンと冒険と正義があった。あの時、これまで不器用に正直に生きてきたと思う自分自身と、ノアの生き方とを重ね合わせてみた。（もしもあたしがノアなら、神の言葉を信じて、言われた通りにせっせと箱舟を造ったに違いない）とも空想した。

神はノアに堕落した人間を罰する決意を伝え、箱舟を造るように命じ、その造り方や積み荷に関し明確に指示した。長さ、幅、高さを定め、屋根付きで1階と2階と3階を設けるように
――と。

彼女は当時の日記にこう記していた。

「神が正直に生きたノアを特別に選んで救済した。創世記8・4によると、大洪水が引いて箱舟はアララト山（標高5165メートル）にとまって、それから外へ出て新生活を始めた、とある。この救済物語はじつに素晴らしい。なぜなら、今日の現実世界は、正義が通らず、正直者がバカをみるから」

理枝が「もう少し、そこを聞かせて」と話を深掘りしだした。

「いまは神々が争っている時代。だけどノアの時代は、1人の神が人間社会に重大な関心を寄せ、悪を罰し、正直者を救済した、ということではないかしら？」

「そう。少なくとも、それがノアの物語の暗喩だね」

清がコーヒーを啜りながら、静かに答えた。

「聖書の書き手は、単なる伝説だった洪水物語に意味と方向性を与えた。神とノアと動物のつがい――この3者の関係と意味が明確になった。神が洪水を起こした時は、人の悪が地にはびこり、暴虐が地に満ちたから、と創世記にある。これを滅ぼし去るからには、これとは正反対の真っ当な世界を望んだことになるね」

「凄いストーリー。これは現代にもつながる警世の書ではないかしら。正義が通らない、混沌としたカオス世界の現代に」

「その通りだよ」。清がコーヒーカップから顔を上げた。

「正義うんぬんを別にしても、世界的な環境破壊、その産物である温室効果ガスの急増と地球温暖化という危機に、洪水物語は重要なヒントを与えている」。清の頬が紅潮してきた。

「聖書の重要なポイントは、神が人間を道徳的基準で裁いたことだ。メソポタミア神話の神は、道徳に無関心なようにみえる。善悪の基準が示されていない。

ところが、聖書では神はノアを正しい行いをしたために選び、導いて救っている。この神の道徳律は聖書に初めて登場した」

理枝の目が輝いた。

「分かった！　神と人との関係は、父と子のようになった、ということではないかな。キリスト教で神を〝父なる神〟と呼びかけるわけが分かった」

「洪水物語の現代史的意義は――」。清の講釈が熱を帯びた。

「資本主義の悪徳が、われわれ人間の生活環境を決定的に悪化させてしまったことだ。飽くなき金儲けに奔走するグリードな経済活動。こいつが、地球環境を破滅の奈落に追い込んだ。

その最悪の結果は、温暖化が進んだ先の大洪水だろう。今度は神の加護を受けて助かるノアが、出てくるのか。残された時間は、あまりない。人類最悪のシナリオは、いよいよ最終章に入っているからね」

理枝は電撃に打たれたように清を見た。

「世界の気候はますます高温化している。気候学者は温暖化が新記録を更新した２０１６年を〝気候の非常事態〟と呼んだが、18年には高温化はさらに進んだ。７月に埼玉県熊谷市で国内最高記録の41・1度、東京都内でも観測史上初の40度を超えた。なんと北極圏でも各地で30度以上の高温になった。IPCC（国連の気候変動に関する政府間パネル）は、2017年時点で産業革命前と比べた気温上昇がすでに1度に達した、このまま温暖化ガスの排出が続くと40年頃には1・5度になる、と予測している。世界は異常な暑さの危険水域に入ったのだよ」

理枝が大きくうなずき、目を見開いて聞き入った。

「このままではゆでガエルにされる。人類が一致協力して、地球温暖化を止めなければ」

清が決然と言った。

2．パリ協定

２０１６年夏――。

白井清のよく通る声が国土交通省の大会議室に響いた。

「パリ協定は、世界的な平均気温上昇を産業革命以前に比べて2度Cより十分低く保つと共に、１・５度Cに抑える努力を各国政府が追求すること、これが目的です」

国土交通省と所管の気象庁の関係幹部らと、招かれた環境省、経済産業省、農林水産省、財務省、外務省、文部科学省、厚生労働省らの幹部総勢52人が、白井の説明に耳を傾けた。

白井の説明は、発表されて間もないＣＯＰ21（第21回国連気候変動枠組条約締約国会議）が合意したパリ協定の内容に関してだった。

パリ協定は、気候変動の世界への脅威を科学的根拠を基に警告したＩＰＣＣの報告を踏まえ、２０１５年12月に採択されたものだ。それは１９９７年に採択された京都議定書以来、18年ぶりとなる国際的枠組みで、気候変動枠組条約に加盟する１７５カ国・地域が署名した歴史的合意だった。

ＩＰＣＣによるこれまでの報告のうち、パリ協定を強く促す引き金となったのが、２０１３年に公表した第5次評価報告書である。これには、世界中の科学者千人以上の研究調査成果が盛り込まれた。

この中で、気温について陸域と海上を合わせた世界平均地上気温は、「1880年〜2012年の間に0・85度上昇している」とし「地球の表面は最近30年の各10年間はこれに先立つどの10年間より高温であり続け、北半球では1983〜2012年は過去1400年において最も高温な30年間だった可能性が高い」と指摘したのだ。

さらに気象変化が極端になり、世界規模で寒い日や寒い夜の日数が減り、暑い日や暑い夜の日数が増えて、ヨーロッパ、アジア、オーストラリアの大部分で熱波の頻度が増加している一方、強い降水の頻度もしくは強度が北米とヨーロッパで増加している可能性に言及した。

地上気温の上昇は、海水の温暖化に直結する。報告書によれば、1971年から2010年の間、海面付近の層（0〜水深75メートル）では10年あたり平均して0・11度上昇した。

水温上昇の過程で蒸発が著しい高塩分領域では塩分はより高くなる。半面、降水が著しい低塩分領域では塩分はより低下するため、海洋塩分の地域的な変化をもたらし、海洋の生態系に大きな影響を及ぼしうるとした。つまり、大気と海水の温暖化の交互作用が生じ、地上と海の生態系を地球規模で大変動させせつつあるという。

温暖化の脅威が爪痕のように現れたのが、過去20年にわたる世界中の氷河の後退、北極海の海氷面積の縮小、グリーンランドと南極の氷床の質量の減少だ。そして温暖化の影響が発作のように現れるのが、暑さから大気中の水蒸気量が増え、各地にもたらす集中豪雨だ。

夏の北極点にもはや雪原が消え、氷の塊が漂っているだけ——という風景が温暖化の象徴となった。南極もロアルト・アムンゼンとロバート・スコットが極点への到達を競った1911年当時とは様変わりした。とりわけ南極半島北部と西南極のアムンゼン海付近で氷床の減少が著しい、と報告書は指摘した。〝氷の島〟と思われていたグリーンランドでも、氷床が融けて縮小し、最南の地域では農業が始まった。

温暖化による海洋の熱膨張や氷河・氷床の融解で海面水位の上昇も止まらない。第5次報告書は、1901年から2010年までの1世紀余に世界の平均海面水位が0・19メートル上昇したことに注目した。この上昇は「過去2千年にわたる比較的小さな平均上昇率から、より高い上昇率に移行したことを示している」と解説した。

いまから12万9千年前～11万6千年前の間氷期。この間に、世界平均海面水位の最大値は数千年にわたり現在より少なくとも5メートル高かったとみられている。しかし、その高い海面上昇は地球の軌道要素の違いから生じたとされる。これに対し現在のアブノーマルな海面上昇は地球温暖化が影響している。

地球の温暖化を引き起こす元凶は、温室効果ガスとされる二酸化炭素（CO_2）、メタン（CH_4）、一酸化二窒素（N_2O）などだ。うち9割を占めるCO_2が温暖化の主役とされる。報告書は、これらの温室効果ガスが「少なくとも過去80万年間で前例のない水準にまで増加している」と指摘した。そして「人間活動により産業革命前の1750年以降、温室効果ガスの全てが増加している」と警告したのだ。

2011年の大気中濃度は、CO_2が391ppm（100万分の1）、CH_4が1803ppb（10億分の1）、N_2Oが324ppb。工業化以前の水準よりそれぞれ約40％、150％、20％上昇した。これは過去80万年間の最高濃度を大幅に超える数値だ。

報告書は、次のように結論した。

「人間による影響が、20世紀半ば以降に観測された温暖化の支配的な要因であった可能性が極めて高い」

人間自らがその活動によって自分たちの地球を破滅の淵《ふち》へ――大気と海洋の温度上昇、世界の水循環の変化、雪氷の減少、海面の上昇へと追い込んでしまったのだ。

IPCCが合意した気候変動リスクの想定シナリオは、読む者を恐怖で縮み上がらせる。

それは「水・生態系・食料・沿岸域・健康」の5分野における温暖化の影響を例示している。1980～1999年に対する世界の年平均気温が1度～4度台まで上昇した場合である。影響は、「適応の程度、気温変化のスピード、社会経済状況によって異なる」とするが、一般的に次のように表れる。

たとえば、生態系では「気温上昇1度から最大30％の種の絶滅リスク、3度を超えると地球規模での40％以上の絶滅。上昇1度でほとんどのサンゴが白化、2度を超えると広範囲にわたるサンゴの死滅。気温上昇につれ種の分布範囲の移動および森林火災リスクの増加。上昇4度を超えると海洋の深層循環が弱まることによる生態系の変化」。健康被害では「熱波、洪水、干ばつによる罹病率および死亡率の増加。いくつかの感染症媒介動物の分布変化。気温上昇3度で栄養不良、下痢、心臓、呼吸器系疾患、感染症による負担の増加」とある。

温暖化の主因は、大気中のCO_2の増大だが、厄介なことに過去から累積した排出量の影響で、たとい排出が止まっても温暖化は何世紀にもわたって持続する。IPCCはこのCO_2の性質から「気候変動の不可避性と不可逆性」を認定した。「温暖化は後戻りできない、これ以上悪化するのを抑制するしかない」というのだ。

そしてついに、2016年6月、NOAA（米海洋大気局）は、南極で測定した大気中のCO_2濃度が、初めて400ppmを超えたと発表した。地上の観測点で南極だけが400ppm未満だったが、例外はなくなった。ハワイ島の山頂の観測所で400ppm超えを初めて観測したのは2013年だが、CO_2汚染は地球で濃度が最も低かった南極にまで広がってきたのだ。

CO_2が厄介なもう一つの点は、海洋が排出されたCO_2の約30％を吸収し、海水の酸性化を引き起こしていることだ。報告書によると、大気中のCO_2濃度に比例して、海洋の酸性化が確実に進んでいるのだ。

海水の熱膨張や氷河・氷床の消失、これに伴う海面上昇および海洋の酸性化、地球の水循環の変化と水中生物の生態系の変化――。

報告書はCO_2の脅威をこう強調する。

CO_2は「一旦排出されると非常に長い期間にわたって大気・海洋・生態系を循環しつつ、炭素の総量はほとんど減少せず、一定部分が大気中に残り、放射強制力が持続する」と。

CO_2は、いまや母なる地、母なる海に居座り、生物の存続を脅かす元凶なのである。

白井がパリ協定をもたらしたIPCCの評価報告書の要点を簡潔に説明した。

「……以上の通り、温暖化の影響は真綿で首をジワジワと締めるように現れます。なすことなく放置して、最悪レベルともなれば、種の4割以上が絶滅する可能性さえ出てきました」

白井が沈うつな声で述べると、一心にメモをとっていた何人かが筆記をやめて顔を上げた。

白井は彼らの呆然とした目を見ながら、話を次に進めた。

「地球温暖化の影響は、むろんわが国でもすでに顕著に起こりつつあります。異常気象を例にとりますと、1日に降水量が200ミリを超える大雨の発生日数が増加傾向をたどっています。それは洪水災害の増加をもたらしています。

熱中症・感染症も急増しています。2013年夏の日本で20都市・地区の計1万5千人以上の熱中症患者が救急車で病院に運ばれました。暑くなってデング熱やジカ熱を媒介する蚊が増え、感染者が増えてきたのも周知の通りです。

生態系では、積雪の減少もあってニホンジカの生息域が拡大した結果、高山植物の食害が多発し、海ではサンゴの白化が目立ってきました。農産物ではたとえば米のように登熟期に平均気温が27度を上回ると、玄米が乳白化したり、粒が細くなります。この『白米熟粒』が多発しています。みかんも、成熟後の高温・多雨により果皮と果肉が分離する『浮皮症』と呼ばれる病気が多発しています。

農水省のほうはむろん事情を承知で深く憂慮されていることと思いますが、日本の食を支えてきた米作りさえ将来、地域によっては危ない状況となります」

斜め前の農水官僚がコックリとうなずいた。

「そこで温暖化対策にどのように取り組み、グローバルリスクに応えていくか——各国とも国を挙げての重要課題となります。最後に、新たな対策のヒントとなる、各国政府の最新の取り組みのうち、先端的なケースを一つ、ご紹介したいと思います」

白井が机上に置いた腕時計をチラリと見て続けた。

「投資家が懸念する投資リスクとして、温暖化の元凶とされる化石燃料がクローズアップしてきました。これに関し、ノルウェー議会はこのたび公的年金基金GPFGが保有する石炭関連株式の全てを売却する方針を承認しました」

農水官僚の隣に座っている財務官僚が、白い歯を覗かせて微笑《ほほえ》んだ。白井は空気が揺れるのを見た。

「今後は、このような既成の観念にとらわれない大胆な温暖化対策が求められてきます。海外の先駆け的な取り組みをもう少し紹介したいところですが、時間が来ました。終わります」

議長の国土交通省の川井務《つとむ》官房長が、満面に笑みを浮かべて言った。

「もっと詳しく聞きたいところですが、時間が押しているので次に進めます」

川井が議事に沿って、環境省の若手のホープとされる地球温暖化対策課長の筒見正人《まさと》を指名した。筒見は白井と同期で年齢も同じ。2人は環境対策会議で知り合い、〝同盟〟を結んで日頃から情報を交換している仲だ。


筒見が壇上に立ち、パワーポイントを手に各国の温暖化対策を説明し始めた。

「いましがたノルウェー公的年金基金GPFGによる石炭関連株式売却のご紹介がありましたが、気候変動リスクに対し、北欧諸国には注目すべき取り組みが数多く見られます。使用する化石燃料中の炭素含有量に応じて課する炭素税も、早くも1990年にフィンランドが世界で初めて導入しています。スウェーデン、ノルウェー、デンマーク、オランダがこれに続き、90年代後半にはドイツ、英国、イタリアも採用しました。

石炭などの化石燃料の大幅削減が対策の柱となりますから、化石燃料への投資は当然、敬遠される。海外ではすでに大手の金融機関や機関投資家は石炭をはじめ化石燃料を〝座礁資産、Stranded Asset〟と呼び、投融資から引き揚げる動きを見せています。ノルウェーのGPFGが、その先行例です。

GPFGは、わが国の年金積立金管理運用独立行政法人GPIFの約140兆円に上る資産規模ほどではありませんが、100兆円を超える資産規模を誇ります。この巨額資産の運用対象から石炭関連株を排除することとしたわけです。

この種の、リスクを減らすため投融資を引き揚げるダイベストメントの動きが各国で活発化してきました。同時に、投融資先企業に逆に積極的に関与していく、保有株式に付随する権利を行使していく等のエンゲージメントの動きも活発になってきました。これはとりわけ英国で目立っています。すでに100を超える保険会社をはじめとする投資機関、投資家、地方自治体、ファンドなどがエンゲージメント活動に乗り出しています。

この中に英国国教会もあります。教会も信者が減少する中、資産の有効活用を考えなければいけませんから。これらの機関や個人株主が、たとえばBPやロイヤルダッチシェルに対して情報公開を要求するわけです。温室効果ガス排出量の管理状況の情報開示とか、2035年以降に計画する資産構成の公表とかをです。株主総会で株主が提案し、100%近い圧倒的多数で可決された例もあります」

筒見が落ち着き払って説明した。

「ここで、各国の実施例のポイントをご紹介しておきたいと考えます。

気候変動リスクへの各国の対策は、大きく二つに分類できます。一つは、先ほどエンゲージメントの一環として触れた情報開示。もう一つは、リスクを減らす安定化の試みです」

そう言って筒見は、気候変動リスクに関する情報公開の例をパワーポイントで示した。「カルパース（CalPERS）」と呼ばれる米カリフォルニア州職員退職年金基金の活動例が、最初に登場した。

「カルパースは年金運用先の石油・天然ガス会社に対し気候変動リスクの公表を義務付けるよう、米証券取引委員会に要求しました。遅れていた中国でも動きが出てきました。上海証券取引所は炭素効率指数を公表し、炭素効率が高い企業への投資を促しました。明らかに、低炭素社会の実現方向へ舵を切ったものです。これは高い石炭火力への依存を大きく低下させようという政策と軌を一にします」

各国の主な情報開示例を紹介したあと、筒見は次に移った。

「世界の対応のもう一つのポイントが、リスクを減少させ、システムを安定化させる動向です。これはリスクのディスクロージャーとコインの表裏のような関係にあります。異常気象によって資産が損害を受ける。このリスクを防ごうと銀行や保険会社が真っ先に動き、金融システムの安定を図ろうとしています」

筒見はいくつかの事例を挙げ、その環境効率に言及した。

「このようにここ数年、各国の対応は急速に活発化し、企業の環境への、いわゆるＥＳＧへの投資も急拡大しています。世界のＥＳＧ投資は２０１４年には21兆ドル超へ、じつに６割も増加しました」

ＥＳＧ投資とは、環境（Environment）、社会（Social）、ガバナンス（Governance）の

3要素を重視した投資を指す。

「しかし、問題は……」。筒見の顔が曇った。

「問題は、それにもかかわらず地球全体の大気中のCO_2濃度は年々上昇していることです。下降の兆しは全く見えない。2015年12月には大気平均濃度が観測史上初めて400ppmを超えました」

筒見のパワーポイントが、気象衛星「いぶき」が観測した、CO_2濃度の2009年以来の上昇傾向を示した。

「ご覧の通り、ジグザグを描きながら季節変動を除いたCO_2の月別平均濃度は上昇の一途です。各国がようやく本腰を入れだした温暖化対策をあざ笑うかのように」

筒見はここで言葉を切って、聞き手の反応を探った。全員が固唾《かたず》を呑んで聞いている。

「問題のポイントは、世界が現行を上回る追加的なリスク低減努力を続けないと、温暖化の負の影響は累積して不可逆的に増える、ということです。

気候変動には主に八つのリスクが伴います。大都市部への洪水被害リスク。極端な気象による社会インフラを破壊したり、機能マヒさせるリスク。海面上昇と沿岸での高潮被害のリスク。熱波による特に都市部の高齢者や幼児の死亡や疾病のリスク。気温上昇、干ばつによる食料安全保障が脅かされるリスク。水資源不足と農業生産減少による農村部の生活リスク。生計に重要な海洋生態系の損失リスク。陸域と内水生態系がもたらす損失リスク。以上の八つのリスクが、われわれの前に現れます」

くだんの農水官僚が、イヤイヤをするように首を回した。

「気候変動は経済的打撃を与えたり、居住条件を制限したりするため、強制移民や国家・民族紛争を起こすリスクも高めます。これが国家の安全保障政策にも影響を与えるのは必至です。すなわち気候変動は、国家・地域間の共存関係、安全保障関係にも脅威を及ぼしてくる。このように気候変動の影響は人類社会にとって全面的な様相、規模に拡大します」

聞き手の多くが、口をへの字に結んでメモを走らせている。筒見が話を先に進めた。

「採択されたパリ協定は、京都議定書に代わる２０２０年以降の新たな国際的枠組みです。その世界共通の長期目標を達成するため、各国に産業革命前に比べ気温上昇率を１・５度に抑える努力目標を課し、その実現に向け自国の削減目標をそれぞれ5年ごとに策定し、国連に提出するよう義務付けました。これによって各国は世界の共通目標に向け、自らの目標の設定とこれを達成するための戦略、手段を公表し、実行しなければならなくなった。全ての国が独自の対策を講じてコミットする――ここが協定の重要なポイントです」

筒見はパリ協定の歴史的な意義をひとしきり強調した。それから２０２０年までと、それ以降の各国の行動に向けた長期工程表を示した。

「フム、よくできている」。先の農水官僚がつぶやいた。

「京都議定書よりも、よほど現実的だね」

筒見の声が響いた。

「わが国としましても、英知を結集して世界的な目標達成に貢献しなければなりません。時間が来ましたので、最後にひと言……」

一瞬、言い淀んだあと、思い切ったように話しだした。

「政府が削減目標のクリアに真剣に取り組めば、重大なアクシデントが起こらない限り達成は間違いないでしょう。ここにご出席の皆さんは目標達成の重要な意義を認識され、思いを共有しているので、心を一つにして取り組めます。

ところが、問題は、――敢えて申しますと、――われわれとは別の価値観を持つ集団が政府部内や経済界に広く存在していることです。われわれからみて異質の集団、と言ってよい。敢えて宗教用語で申しますと〝異教徒たち〟です。

従来、彼らがかなりの程度、政府を動かしてきた経緯があります」

そう語ると、下を向いていた聞き手が一斉に緊張した顔を上げた。

「彼らは、世俗的、経済的な価値に重きを置きますから、当然ですが経済成長至上主義です。彼らにとって地球環境は二の次になります」

ここで聞き手の間から「ホウ」というような声が漏れ、ざわついた。

「ただし、これはあくまでもわたし個人の私見です」

筒見が聞き手の雰囲気の変調に気づいて、軌道調整に入った。

「これ以上、深掘りして話すのは議題を超えてしまいますから、あとひと言でやめることとします」

筒見が微笑むと、聞き手の多くが苦笑したり、うなずいた。

「経済成長至上主義が自国第一主義となって、地球温暖化対策を妨害してくる。その芽は目下、米国で進行中の大統領選で現れてきました。自国第一主義はあまねく世界的に広がる可能性があります。この結果、最も考えられるのが、温暖化対策に〝総論賛成・各論反対〟という動きです。これにどう対抗していくか――」

筒見が課題を投げかけた。

最前列で聞いていた白井は、この問いかけに背をドンと突かれたように感じた。かねがね同じような危惧を抱いていたからだ。しかし、これほど明快に異教徒の存在を公式の会合でぶち上げるとは想像もしなかった。

白井は斜め下から筒見を見上げ、次の言葉を待った。筒見が再び静かに語りだした。

「わたし個人の私見をつい出してしまい、申し訳ありません。わたしは課長に至るこの年まで18年を環境行政ひと筋に集中してきました。温暖化問題に危機感を強く抱くあまり、ついこれまでの経験知を話して問題の所在をはっきり示そうという衝動に動かされてしまったのです。

これもパリ協定をなんとしても成功させ、地球環境の危機を食い止めようと思ったからで、どうかご容赦下さい」

ここでれいの農水官僚が、首を小刻みに振って薄く笑った。

「これでわたしの拙《つたな》い見解表明を終え、質問をお受けしたいと思います」

筒見が背筋をピンと伸ばし、直立不動の姿勢を取った。

前列と後列から手が二つ挙がった。筒見が真っ先に挙がった方を指名した。

「農林水産省の畑中です。最後にご指摘された、いわゆる異教徒の抵抗をどう乗り切るか、これは大変な問題とかねてから認識しています。公共事業等のようなカネを使って事業を推進する分野では、えてして成長論者が多い、と言われています。役所でさえ成長論者は大勢いる。まして経済界では、ほとんど全員と言っていいでしょう。われわれは、成長至上主義のいわゆる異教徒に取り囲まれて環境行政を進めるわけです。これはある意味、逆風に向かうようなものです。

地球環境を抜本的によくするには、この成長至上主義という経済信仰を変えなければならないのではないか。いわゆる異教徒たちに回心してもらわなければならないのではないか。こう考えますが、この点いかがでしょうか」

畑中が、根本的な問いを発してきた。筒見が不敵な笑みを浮かべて答えた。

「大きな質問ですので、答えに窮しますが……」

そう言いかけると、会場から笑いが漏れた。

「一つ言えることは、成長論者の考えを変えることは容易ではありません。一種の宗教改革が必要になる、ということでしょうか」

ここで笑いが広がった。

「しかし、この21世紀版の宗教改革は、人類や地上の生物が生き続けるために不可欠と考えます。温暖化と汚染の進行で地球が住めなくなっては、元も子もありませんから。われわれが根気よく温暖化の恐怖を説いて、産業界や国民と危機感を共有して対策を進める。その過程で成長至上主義の限界を知ってもらい、意識を変えていく——こういうプロセスで宗教改革を長いスパンで行っていく、ということでしょうか」

「なるほど、これは理念の戦いですから、長期にわたる宗教改革になることが、よく分かりました」

次の質問も、異教徒絡みだった。経済産業省の40代半ばに見える中堅官僚が、異教徒の一般的イメージを取り除くことから始めた。

「……経験上言えることは、ご指摘のあった異教徒は、異教徒でもなんでもない、ごくふつうの市民感覚を持った人びとの集まりであるということです。行政に関わる官僚が、ふつうの市民感覚を持って経済成長主義に奉仕するのは、ある意味、当然でしょう。温暖化にブレーキを掛けるには、彼らに温暖化の経済へのマイナス効果を広く深く知ってもらい、対策に協力してもらう、ということに尽きるのではないでしょうか」

「方向性としては、おっしゃる通りと思います」。筒見が明快に答えた。

「ただ、その過程で理念のぶつかり合い、戦いが生じます。結果がどうなるか、については予断を許しません。つい10年ほど前までは、日本だけでなく先進国のどこでも経済成長派が優勢でした。ドイツや北欧で環境重視の風潮が強まり、ここ数年で理念の戦いに明らかに変化の兆しが見えますが。温暖化の勢いが急なため、この変化が日本やCO_2排出大国の中国、米国、さらにロシア、インドなどにも波及してもらいたいものです。時間との戦いです。……早めに環境派が勝利しないと、時間切れとなる恐れがあります」

白井はこれを聞いて、気候変動に関する1週間前の市民集会で（いまのCO_2排出のピッチが続き、対策が遅れれば取り返しのつかないことになる。重大事態に気付いた時には、もはや〝時間切れ〟となり、手の打ちようがない）と自らが訴えたシーンを思い起こして共感した。

最後の質問は、白井が考えていた温暖化問題への取り組みの根幹に触れた。これを質したのは、度の厚いメガネを掛けた、物腰の柔らかな外務省の中堅だった。

「温暖化問題への対応として、その抑制と共に考えなければならないのが、温暖化への適応です。あるロシアの高官から聞いた話ですが、北方のツンドラが溶けて低木が生えるようになった、農地が拡大し農業の将来見通しが明るくなった、ロシアは温暖化の勝ち組になる、と。カナダやアラスカやグリーンランドでも似たような有利な状況変化が起こっています。

高緯度地域の寒冷な気候は温暖化すると、概して生物の生存や人間の生活に適してきます。

適応条件がよくなる面が増えてきます。このプラス面の活用をもっと考えていくべきではないか、と考えます。温暖化のお陰で北海道のコメは質量ともによくなった、と聞きます。人間の環境適応能力を生かして温暖化を乗り切ることを考えていく。これもきわめて重要な課題と思われますが、この点いかがでしょうか」

こう語ると、聞き手をグルリと見回した。

筒見がおもむろに答えた

「温暖化の問題解決の視点から見ると、環境変化への適応を第一にしようとすること自体にリスクが伴います。

適応優先で温暖化の解決を後回しにする恐れが生じるからです。いわば〝悪いことだが、我慢して慣れろ〟と言うようなものです。根本的な対策が優先されなければなりません。適応重視のツケは小さくありません。〝適応すればいいこともある〟と、問題の解決に水を差してしまう恐れがあるからです」

農水官僚の畑中が、再び立って素頓狂な声を上げた。

「適応優先というのは結局、日本的な解決ですかね？　適応主義者があまりに多いですから」

「まあ、そう考えてもいいでしょうね」。筒見があっさり判定した。

「よいか悪いかは別として、日本で環境適応主義者がかなり多いことは疑う余地がありません。

その場の雰囲気に自分をフィットさせないＫＹ（空気が読めない）を蔑む風潮がその証拠に

なるかもしれません。環境悪化に対しては適応よりもまずは改革を第一に志すべきです」

「やはりそうですか。心強いお言葉をお聞きしました。本省でも、改革派を勇気づけるよう心がけていきます」

畑中が目を輝かして応じた。

3. 森林破壊

２０１７年春――。

ブラジル国立宇宙科学研究所（ＩＮＰＥ）の特別調査官のカルロス・マジーリが、背筋をピンと伸ばし、森林破壊の脅威を強調した。

「これ以上、アマゾンの森林伐採が続けば、大気中の水分が減りブラジル最大の都市サンパウロが干上がってしまう。いや影響はブラジル国内にとどまらない。地球の遥か反対側の日本などにも押し寄せる」

アマゾンの森林破壊問題はこの日、ＮＯＡＡ（米海洋大気局）がニューヨークで開催中の気候変動会議《クライメイト・チェンジ・コンファランス》の主要議題の一つだった。カルロスが午前中、参加した各国の気象当局者ら３００人近くを前に、90分の持ち時間を使ってアマゾンで進行する森林破壊の状況を説明した。白井は気象庁から会議に派遣され、３日前にニューヨーク入りしている。

その日開かれた夕食会で、カルロスが紅色のナプキンを胸にかけながら、テーブルを囲む白井たち当局者や研究者ら４人に、自らの講演を補強するように熱っぽく語りだした。

「アマゾン流域南端の広大な森林破壊が、南方にあるサンパウロを直撃している。サンパウロはひどい干ばつに見舞われてきたが、これが長期化していずれ人が住めなくなるだろう。以前なら大気中にたっぷり含まれた水分が南に運ばれ、サンパウロに水の恵みをもたらしたが、森林の伐採が影響した。

　会議で話したように、アマゾンの熱帯雨林は推定一日200億トンもの水蒸気を樹葉からの蒸発で大気中に放出している。凄い水蒸気量だ。ブラジルがサバンナや砂漠になるのを防いでいるのが、このアマゾンの恵みだ。これが地球の向こう側の気候にも影響を及ぼしている」

　カルロスがアマゾンの偉大な恩恵を称えた。

　白井らが耳を傾けて、続きを待った。

「そう、これは会議では話さなかったが、――話せばクビになるかもしれないからね――じつは大変重大なことが起こっている。ブラジル政府が前大統領ジルマ・ルセフの意向を受け継いでアマゾン中央部を縦断する高速道路を建設しようと密かに画策しているんだ。経済は低迷しているからね。環境より経済成長、森よりパン、というわけだ。実行すれば森林はズタズタに裂かれる。

　この計略のせいで、違法な伐採も見逃されている。伐採に駆り立てているのが、畜牛用の牧草地作りだ。これが全体の森林破壊の7割ほども占める。前大統領は環境保護よりも経済拡大を優先したが、このポリシーは国民の支持を受けて続くだろう。アマゾンの森林が削り取られていけば、取り返しのつかない気候変動を地球規模でもたらす。この最悪のシナリオが現実味を帯びてきた」

　カルロスは顔を曇らせ、テーブルの同席者の反応を探った。その時、ポタージュスープが運ばれてきた。カルロスが話を中断し、スプーンで掬ってゆっくりと啜《すす》った。それから顔を上げ、「グッド！」とつぶやくと、再び語りだした。

「ブラジル政府はアマゾンを〝大いなるわれらのアマゾン〟と、自分たちブラジル国民に神から特別に与えられた天然の財産と自慢している。しかし、本当は世界に与えられた財産なのだ。世界のCO_2が増え続けるのは、化石燃料を燃やし続けるからだけではない。CO_2を吸収する森林が破壊され続けているせいもある。なかでもアマゾンの森林価値の減少は非常に大きい。なにしろ世界最大の３億５千ヘクタール超の面積を占める熱帯林だから。森が焼き払われたり、伐採され尽くすと、無数の種が失われ、取り返しがつかない。

なんとかして伐採を食い止めなければならない。ブラジルの森林の近年の消失量はケタ違いに大きく、これも世界最大だ」

白井がメモを見て言葉を挟んだ。

「先ほどのスピーチで、ブラジルの森林には世界の植物種のおよそ20％、鳥類の20％、哺乳類の10％相当が生息していると言っていました。これほど豊かな森林が失われていけば、世界の損失は計り知れません。ところが、ブラジルの原生林総面積は２０１０年時点で４億７６００万ヘクタール余り、20年前の１９９０年当時の約５億３千万ヘクタールに比べると10％も減少した、とのお話でした。森林の減少を抑える、森林を保全し、活性化させる手立てをブラジルだけでなく、世界がもっと考えなければいけませんね」

カルロスがサラダを取る手を休め、白井の方を向いて応えた。

「ブラジルの森林の消失スピードは、２００５年から10年までに年平均２１９万４千ヘクタールに上る。ここニューヨーク・マンハッタン島の３７２個分が毎年消えてなくなる計算だ。これを見過ごしていいわけはない」

カルロスは、CO_2排出源の８割を占める化石燃料の使用を削減することと、森林保全が地球温暖化を防ぐ重要なカギだと力説した。

「中国が急増させた石炭使用をはじめ世界の化石燃料使用が、CO_2の排出量を近年に増やした第一の原因。森林破壊はこれに続く第二の原因だ。森林破壊がなければ、化石燃料から来るCO_2の４割は吸収源に吸収されるという調査結果がある。吸収源とは、海洋や森林、土壌などだ」

カルロスの説明が続いた。

米気候学者のジェイムズ・ハンセンによると、海洋は、CO_2を推定年間約３Ｇｔｃ（10億炭素ギガトン）吸収し、森林と土壌で年１Ｇｔｃ程度吸収している。大気中のCO_2は年平均４・５Ｇｔｃ増加しているから、森林破壊が続けばCO_2の吸収力は弱まる。いや、それ以上に悪い結果が出る。温暖化が進むと、地域によっては乾燥化して干ばつや森林火災を引き起こす。森林火災はCO_2を大規模に大気中に放出する。

カルロスはひと通り解説を終えると、運ばれたばかりの牛ロースステーキのウェルダンをナイフで切りだした。

「さっきの質問だが、森林保全はむろんブラジルだけでなく世界的な課題だ。温暖化で森林火災は熱波と共に世界の至るところで増えているからね」

黙って聞いていた30代後半に見える、米海洋大気局の海洋リサーチ担当アドミニストレイターのゲリー・メリックが口を挟んだ。

「アメリカでは森林火災は毎年のように起こっている。干ばつの地域で発生すると、手に負えない。2008年と11年のカリフォルニアの森林火災はとくに強烈だった。2011年には竜巻で、5000人以上が死んだ」

もう1人のトム・コッチと自己紹介した40前後の米当局者が、吐き捨てるように言った。

「われわれのところだけじゃない。2009年のオーストラリア、10年のロシア西部もひどかった。森林が全部燃え尽くされると思ったくらい、火勢が止まらなかった。この2010年前後は、ひと際温暖化のリスクが高まった」

白井は調査の結果、2010年に世界の気候異変が1ランク上に底上げされた、と見ていた。

会話に割って入った。

「ぼくは温暖化が不気味に進んだ年は2010年、と考えている。モスクワはこの年の6月から8月、気温は異常に上昇して、日最高気温がなんと38度に達した。平年値の日平均気温より20度くらいも高い。記録的な熱波だ。ロシア西部で過去最高の39度を記録したところもあり、熱中症や森林火災による死傷者が続出した。

日本も凄かった。2010年夏の日本の平均気温の平年差は+1・46度となった。夏の気温としては統計を開始した1898年以来最高記録で、熱中症により全国で5600人超が救急車で運ばれた。あの年以降、日本では35度以上の猛暑日が急増し、残暑も厳しく長引くようになった。

その夏、パキスタンでは大雨により、インダス川流域で大きな洪水被害が発生している。エルニーニョ、ラニーニャ現象が重なったことや偏西風の蛇行などが猛暑の要因に挙げられたが、地球温暖化が影響したことは間違いない」

白井が自らの研究・調査結果を踏まえて解説した。

カルロスが300グラムほどあるステーキの一片を腹に収めると、静かに言った。

「これはアポカリプスだ。迫り来る終末を示す黙示だ。この世の審判は近い」

辺りを沈黙が支配した。4人の視線がカルロスに注がれた。

カルロスがうなずいて話を進めた。

「時間はあまり残されていない。異常気象続きで世界の政治指導者たちも、ようやく事の深刻さに気付いた。ここが京都議定書の時とは違う。去年9月に米中両国が批准したパリ協定は、京都の時には拒否した化石エネルギーの2大国がようやく本気になった表れだ。何しろ米中で世界の温暖化ガス排出の40%ほどを占めるのだから、前進したことはたしかだ。

しかし、現実は……」

カルロスはそう語ると、言い淀んで白井らを見回した。

「現実は甘くない。トランプが大統領選挙で公約した通りパリ協定から離脱するという、たしかな情報がある。アメリカが協定離脱となれば、影響は大きい。背後で暗躍している勢力がいる。アメリカだけでない、欧州、ロシア、日本にもいる。われわれは彼らを『化石勢力』と密かに呼んでいる。正式名称は『化石エネルギー利権複合体』と言うべきものだ。その正体は……」

突然、カルロスは話を中断してポケットからジリジリと鳴るスマホを取り出し、応答し始めた。

「何？　なんだって……分かった。すぐにコールバックする」

電話をオフにするなり、カルロスは頭を抱えた。それから褐色の額を撫でながら、務めて平静さを取り戻そうとした。

心配そうに見守る４人に、カルロスが苦しそうに弁明した。

「びっくりするかもしれないが、いまの電話で化石勢力が早速、動き回っていることが分かった。われわれの会議内容をつかもうと必死のようだ。やつらのロビー活動はすでに相当活発になっている。中心には世界的な多国籍企業がいるから、活動の範囲も地球規模だ。失礼するが、すぐに戻る」

と言うなり、スマホを手に急いで外に出て行った。先ほどの案件を電話でやり取りするに違いなかった。

4. 変わる海洋

カルロスの去ったのを見届けると、白井が話題を〝海洋の変化〟に転じた。海洋の変化は、大気と違い、ごくゆっくりと進むため認知しにくい。しかし、過去1世紀以上にわたって排出された温室効果ガスは、気候に変化をもたらすだけでない。むろん地球の表面積の7割を占め、陸地の面積の2・4倍に上る海の環境をも変化させる。

世界の平均気温は、1891年以降100年当たり0・68度の割合で上昇した。気温の上昇に伴い海水も温暖化し、海面水温は1971年から2011年の間10年あたり平均して0・11度上昇している。つれて海洋の熱膨張やグリーンランドと南極の氷床の質量の減少、山岳氷河の縮小が、海面を押し上げた。

IPCCの報告によると、世界の平均海面水位は、1901年から2010年までの1世紀余に0・19メートル上昇している。

海洋の変化は海面上昇ばかりでない。アルカリ度が低下し、酸性度が進む。

大海は地上で排出されるCO_2の3割から3分の1程度を吸収している。地球上の海全体が大気中のCO_2を呑み込み、溶かして炭酸にしてしまう。結果、海のアルカリ度を下げてしまうのだ。

同席しているマーク・ライナスが説明した。マークは50代はじめの元大学教授で地球温暖化研究者だ。人類はこれまでに人為的に海のアルカリ度を水素イオン濃度指数ＰＨで０・１下げてしまったという。現在の海水は弱アルカリ性で、海面では平均ＰＨ約８・１を示す。CO_2は水に溶けると水を酸性化させるため、海洋のCO_2吸収が増えれば、酸性を示すＰＨ７以下（ＰＨ７が中性）に近づいていく。

マークの調査では、１９９０年以降、ＰＨは約０・０４低下し、海洋酸性化の進行を裏付けた。北太平洋から南太平洋にかけてのほとんどの海域でＰＨが低下しているが、ＰＨの低下速度は、北太平洋亜熱帯地域で大きいことが判明した。

「大気と海洋の間では常にCO_2の吸収と放出のやりとりが行われ、大気からCO_2を吸収する海域と放出する海域とがある。しかし平均すると海洋全体で大気からCO_2を吸収している。気温が低くなると海洋のCO_2吸収度が高まるため、地球温暖化が進行すると、海洋のCO_2吸収能力は低下する」とマークが声を高めた。

「海洋酸性化の進行によって、プランクトンやサンゴなどの海洋生物の生存がじかに脅かされる。植物プランクトンは光合成によってCO_2を消費するから、大量に死滅するようなことがあれば、海洋のCO_2を吸収する能力は低下する」

ゲリーが大男に似合わない小声で応じた。

「森に比べると海のほうが圧力団体が少ないから、環境保護を貫きやすいだろうね。ただし広大な海の変化は非常にゆっくりしているから、ごく小さい重要な変化が見過ごされやすい。

たとえば、ＰＨ０・１だけ下がって酸性の度合いが強まったとか、世界の海面水温が10年あたり０・１１度上昇した、と聞いても〝たいしたことない〟と人びとは思いがちだ。世界の平均海面水位が２０１０年までの１世紀余に０・１９メートル上昇したと言われても、ピンと来ないに違いない。

だが、実際は大変な影響が地球の全生態系に及ぶ」

ゲリーの声が高ぶってきた。

「海面水温が30度のような高温になれば、世界最大の全長２６００キロを超えるオーストラリアのグレート・バリア・リーフ、このサンゴ礁も存続が危い。海水温が急上昇した２００２年、06年の夏、大規模なサンゴ白化現象が発生して、１５００種以上の魚や6種類のウミガメが去ってしまった。その結果、22種の捕食性海鳥が大量死した、と報告されている。サンゴと共生して栄養を供給したりサンゴの骨を作る褐虫藻《かっちゅうそう》と共に、サンゴは死滅の危機にさらされる。世界のサンゴ礁に海洋生物の3分の1ほどが生息している。サンゴ礁が死滅すれば、魚介の宝庫も破壊されてしまう。

海の酸性化の影響も重大だ。植物プランクトンが繁殖するところに魚が集まる。プランクトンは、魚やクジラの重要な餌だ。海の酸性化が進めば、生物の殻や骨格を作る炭酸カルシウムの生成を妨害するから、植物プランクトンの円石藻《えんせきそう》のサンゴ形成能力が衰退したり、ウニやカニや貝類が殻を作れなくなる。海の生態系が壊滅してしまうよ」

静かな印象のゲリーが、語気を強めた。隣のトムが言葉を継いだ。

「彼が言うように、海の変化はゆっくりして見えにくいが、海洋生物の生態変化が急に連鎖して現れてくる。ここが怖いところだ」

自然は無闇に暴れだすわけではない。理由があってだ。気候変動は自然条件を変える基本的な要因だ。変化に陸の生物は即座に反応する。大気を肺で呼吸する人間は、なおさらだ。暑さや汚染を敏感に感じ、これに適応しようとする。

だが、広く深い海の変化はのろい。温暖化の影響は陸よりも緩慢に表れるが、一定のレベルを超えると誰の目にも分かる突然の形で変化を示す」

と言って、話を核心へ進めた。

「先ほど、2010年に温暖化が異常に進んだという話が出たが、仔細にみると、前兆として2003年の気象異変が注目されていい。

当時、気象学者は2003年の熱波が数千年に1回という、ふつうはありえない、自然災害とは考えにくい、と結論した。熱波が地球温暖化に関係している、と疑ったのだ。

これには理由があった。2003年の夏、ヨーロッパ大陸全体で高温の影響を受けて植物の成長が止まり、植物はふつうなら大気からCO_2を吸収する代わりに逆に排出したことが確認された。気温が急上昇すると、森林や土壌からのCO_2排出量が増え、地球温暖化に拍車をかけてしまう現象が浮かび上がったのだ。

植物が焼けるような暑さのストレスから、狂いだしたといえる。陸地からのCO_2排出が今後長期間続くようだと、地球温暖化がコントロールできなくなる。この延長線上に、2010年に地球全体を襲った気象異変があった」

トムの顔面が紅潮した。

「海の変化で目に付くのは、ハリケーンとか台風の進路や強度、発生具合だ。従来とは明らかにタイプが異なる」

トムがそう言うと、白井が言葉を継いだ。

「それはぼくも感じた。2016年8月に日本を襲った台風は、ふつうでなかった。その一つ、台風10号はなんと東京・八丈島近くで発生した。他の二つの台風も通常発生する北緯10度から15度付近の赤道近くの熱帯の太平洋上ではなく、それよりずっと北の日本列島に近い海域で発生している。

台風10号をみると、発生前に紀伊半島沖の海面水温は30度にも上っていた。平年なら8月下旬当時の同海域の平均海面水温は27～28度。平年値より2～3度高温になった。

これが日本列島のすぐ近くで台風が発生した原因だ。その後、迷走した挙句、東北に初上陸して大被害をもたらしたが、その異常さには正直、戸惑った。明らかに地球温暖化の影響だ」

耳を傾けていたトムが、コメントを入れた。

「知ってるよ。台風10号は、たしかにおかしな動きをした。発生させた犯人は、明らかに日本近海の異常な海水温の上昇だ。こんな発生の仕方は、初めてじゃないかな」

白井が付け加えた。

「地球温暖化が危険なほど進んでいる証だろう。この少し前、7月に出張調査で沖縄の石垣島と西表島の間にある日本最大のサンゴ礁、石西礁湖《せきせいしょうこ》に行った。潜水して調べてみると、大規模な白化現象が起きていた。水深2メートルほどにあるサンゴは軒並み白化していたから、海面水温は測った時と同じ30度超の高温が続いたに違いない。1週間から2週間たって死んだサンゴは藻が付いて茶色に変わるが、これもチラホラ見える。環境省の16年11月に始めた調査によると、白化率は9割、死滅率は7割にも達している。

見事だったサンゴの景観が一変した、と地元の漁師が嘆いていた。地球温暖化は艶《あで》やかな海中の世界を白い墓場に変える」

サンゴと聞いて、トムが落ち着きを失った。スキューバダイバーとして「超一級」と仲間内で折紙を付けられている。トムが興奮気味にコメントした。

「サンゴは白化するから海の温暖化が分かりやすい。魚や甲殻類、軟体動物、海綿動物、藻類――これら百万近くの種のすみかとなるサンゴ礁が海水温の上昇で枯れたり死滅すると、魚は冷たい海やすみかを求めて北へ移動する。国際自然保護連合（ＩＵＣＮ）が発表した報告書は恐ろしい。

東南アジアでは、魚の移動で２０５０年までに漁獲量が１９７０年～２０００年に比べ10～

30％減る恐れがあるというからね。報告書は、1970年代以降の温暖化による熱量のじつに93％を海洋が吸収してきたという。海洋大循環で地球冷却システムを働かさせている海が、温暖化するとなると、――」

海を愛する男、トムの表情が強張《こわば》った。

「地域の全生態系が異常を来たす。水産資源を大きく減らし、病原体を暖かい水の中で繁殖させ、植物や動物を病気にする。異常気象も引き起こす。台風やハリケーンをもっと巨大化させる。2005年にニューオリンズを襲ったハリケーン『カトリーナ』のような、どでかいやつが次から次へと押し寄せるわけだ」

トムの表情が一層険しくなった。

「海水温の温暖化で海面が上昇する。島や沿岸部の住民は、高波・高潮に襲われて家を失う危険にさらされる。世界の住民の4分の1は、沿岸部かその近くに住んでいるから、危険が切迫すれば大量の住民が安全な場所に避難しなければならない。島の住民は移住先が見つからなければ、難民化する。ニューヨークも東京、ロンドン、上海のような大都市もひっきりなしの浸水の危険から避難しなければならなくなる。

欧州の研究グループによると、沿岸洪水リスク上位20都市のうち、日本では名古屋の被害が最大になる。河口のデルタ地域と小さな島国がとくに危ない。バングラデシュ、インドネシア、フィリピン、ベトナム、インド、メキシコ、ベネズエラなどだ。島国では太平洋のキリバス、ツバル、マーシャル、フィジー、パラオ、バヌアツ、ソロモン、インド洋のモルディブ――

これらは海面が上がれば水没の恐れがある。

日本では海面上昇で沿岸部の土地が失われ、２０５０年までに約6万4千人が移住を余儀なくされる恐れがある、という調査報告をアジア開発銀行（ＡＤＢ）がまとめた」

トムが憂うつそうな視線を白井に向けた。おし黙る白井を見て、重い口調で続けた。

「しかし、一番差し迫った脅威は北から来る。温暖化の影響が真っ先に現れたのが北極だ。地球のエコシステム（生態系）の崩壊は、間違いなく北から波及して来る」

そう言い切ると、背筋を伸ばして見回した。

「ＩＰＣＣなどの温暖化予測気象図を見ると、北のほうが南よりも温暖化の影響が深刻に表れる。地球全体が均等にではなく局地的に急速な気温上昇が起こる。比較的寒冷だった北方地域にこれが発生しやすい。ミスター白井、あなたの日本なら北海道や東北の夏が際立って高温になる。

グリーンランドでは、10年のうちに気温が10度も上昇した。氷が融け、厚さ2キロもある氷床が大量の水になって海に滔々と流れ込む。北極海の氷が縮小して夏にはふつうの商船の航行が可能になった。

北極圏が様変わりしているのだ。海水生態系が破滅するのも、時間の問題となった。激減するホッキョクグマは、その象徴だ」

トムが聞き耳を立てる3人を見ながら、右の人差し指を真っ直ぐに立てた。

「北極圏の現地調査を続けるカナダのジャーナリスト、エドワード・シュトルジックによると、2012年夏にカナダの北極圏東部のデヴォン島西岸沖を現地調査したところ、想像を超える大異変を目撃した」

トムが劇的に起こっている北極異変を語った。

滅多に見かけないシャチがイルカやクジラを捕食していた。北極の気候が温和になる8月に、観測史上最強の嵐（北極海低気圧）が襲来した。海氷融解の影響で海水の層が厚くなり、栄養素が減少した結果、プランクトンの増殖が激減している実情が分かった。

プランクトンが激減すれば、それを主食とする海洋虫、エビ、二枚貝、オキアミなどが減り、それらを捕食するセイウチやクジラ、ホッキョクダラの生存を脅かす。

ホッキョクダラやクジラは海氷の下でプランクトンなどを食べて繁殖するオキアミなどを餌にするという循環型の生態系ができている。氷の融解でこの生態系が壊される。

氷が消失して狩りの足場を失ったホッキョクグマも激減の一途だ。結果、北極圏に住む先住民の死活問題にもなる。12年の夏には、海氷がなくなったためにアザラシやクジラを捕獲できなかったグリーンランドのイヌイットたちは、ついに犬を殺して食べたと報告されている。ソリを運ぶ犬まで殺さなければならなくなったのだ。

地球温暖化は、北の極に爪痕をくっきり印すようになった。トムの悲痛な声が響いた。

デザートが、4人のテーブルに運ばれた。プリンを覆うヨーグルトに、ブルーベリーがトッピングされている。

白井がそれをまじまじと見て3人に言った。

「いまのグリーンランドがこれだ。北極の激しい風雨が氷床を叩いて融かし、氷河を後退させる。地球温暖化を象徴するデザインだね、このデザートは」

3人がドッと笑った。トムがスプーンでヨーグルトを掬った。

「シベリアのツンドラにも見える。ほら、氷がこんなに融けて下から黄土が現れた。融けた氷はアムール川に流れ、急激に水量を増やしている。下流で洪水の危険が出てきた」

マークは別の場面を想像していた。

「マッターホルンの最後の氷が、降り続く温暖な雨で融けようとしている。真下から登って来るパーティに雪崩の危険をどう知らせたらよいものか。これ以上、犠牲者を出したくないからね」

ゲリーは南極半島を連想していた。

「温暖化で雪が雨に変わって南極半島に降り注ぐ。雪原でペンギンたちがはしゃぎ回る」

デザートを見つめながら、会話が続いた。北極でツンドラでアルプスで南極で、地球温暖化が容赦なく進んでいる。4人は、目の前に浮かんだ世界にすっかり引き込まれた。

続いて白井が見たのは、グリーンランドのイヌイットたちが漁ができなくなったことに抗議して、テント小屋でアメリカの国際石油資本の交渉団に石油開発の即時停止を要求している光景だった。イヌイット代表のあご髭を蓄えた初老の男が、眼光鋭く開発計画の撤回を迫っている。交渉相手の肥満体の中年男は、石油が採掘されれば応分の報酬を必ず出すと請け合ってなだめている。イヌイットたちは、口々に氷が減少して足場を失ったために、クマもアザラシも獲れなくなったと怒りをぶちまけている。

トムが次に見たのは、アムール川下流の小さな漁村が洪水で押し流され、村民が家を捨てて周辺の丘へ散り散りに逃げていく光景だった。その中に老女の手を引く少女の姿があったが、老女の足がついていけず、背後から洪水の先端がみるみる迫る。

マークは、マッターホルンの頂上に向かうパーティの上方から赤ん坊の頭ほどの石が、幾個も転がって動き出すのを見た。温暖化と共に、アルプスでの落石事故が急増している。岩に張り付いていた氷が融け、氷の縛りが緩んだため岩が割れたり不安定になって転がり落ち、他の岩にぶつかって大規模な落石を誘発するのだ。

6人いるパーティに向かって一群の石が転がり落ちてきた。先頭のリーダーらしき人物が振り返って大声で仲間に落石を知らせる。5人がこれに気付いて慌てて安全な岩陰を求めて移動した。

その時、ドーンと鈍い音が響いた。頂上近くの雪が白煙を上げて崩れ落ちて来たのだ。

〝万事休す〟――マークは観念して目をつぶった。

ゲリーは、ペンギンたちを観測していた。雨が珍しいのか、ペンギンたちは跳ねるように歩き回っている。「嬉しくてきっとバレーを踊っているんだ」とゲリーは言った。

5. 陰謀

その時、カルロスが急ぎ足で戻ってきた。目が血走り、呼吸が荒い。彼の褐色だった顔が、赤銅色に変わっている。4人が黙ってカルロスを見守った。

食べかけのステーキにナイフを刺しながら、カルロスは3人を交互に見た。

「そう、予想していた通りだ。何もかも予想していた通りだ。あいつらがまたやってきた。きれいごとではいかない……」

カルロスがつぶやいた。

肉を頬ばってパンをちぎると、カルロスの表情に落ち着きが戻った。「フーム」となって言葉を探してから、おもむろに語りだした。

「やつら化石勢力は、何より言論による理論武装を重視する。温暖化への批判を和らげるために、まずは理論で対抗しろ、というわけだ。そのためには、温暖化が自然現象であり、人間活動のせいじゃないと思わせる必要がある。彼らは莫大な資金を使って世界中のシンクタンクに手を伸ばし、理論武装を進めた。

結果は大成功だった。少なくとも第1ラウンドはね」

カルロスの目がギョロリと光った。

「アメリカのシンクタンクが矛先をそらそうと最初にやったことが、ＩＰＣＣが使うタイトル用語を代えることだった。〝地球温暖化〟という言葉の響きは、いかにも人びとを不安にさせる。〝気候変動《クライメート・チェンジ》〟に変えてはどうか、と画策した。以後、メディアの会見や発表、学会論文などに頻繁にこれを使いだした。そしてついにＩＰＣＣも正式な主題名を気候変動にして、これが定着したのだよ」

白井はこのことを知っていた。が、トムは知らなかったとみえ、素頓狂な声を上げた。

「本当ですか？　気候変動、なるほどね。穏和な表現ですね。気候変動は、いつも起こる当たり前の自然現象。地球温暖化というと、一体何が起こったかと不安になりますからね。なるほど、気候変動とは巧妙な言い代えだ」

トムはひどく感心した様子でうなずいた。

カルロスが満足げに続けた。

「化石勢力の資金協力を得て、英国のシンクタンクも加勢したから、すっかり常用語になった。英国はご存じの通り北海での石油採掘に成功してオイルマネーで潤い、ひと頃までは石油輸出国だった。地球温暖化にひと役買っていたのだ。

彼ら化石勢力は、石油資本ばかりでない。アメリカの新興シェールオイル会社や業績が盛り返した石炭会社、化石燃料を使う電力会社や鉄鋼、金属、セメントも含まれる。産業の重鎮たちだ。

やつらが資金力にモノを言わせてわれわれ環境派を異端者、少数派にしようとしたわけだ。

気候変動へのタイトル変更に続いて起こったのが、……」

カルロスが言葉を切って、周辺をチラッと見回した。

カルロスたちから7、8メートルほど離れた窓際のテーブルに、30代前半に見える2人の男女が食事を楽しんでいた。付近一帯は予約席だったため、2人も前もって予約していたに違いなかった。

ボーイがコーヒーを注ぎにやって来て、「メルセデスの用意はできました」と告げると、男は薄く笑い、「ありがとう」と小声で応えた。

「メルセデス」が取り決めていたコードネームであることは、この3人しか知らない。メルセデスの用意完了とは、あらかじめ仕掛けた工作が首尾よく始動したことを意味した。

ボーイが去ると、男は何食わぬ顔で女に話しかけた。

「3時間後に結果が分かる。楽しみだ」

男が笑いを噛み殺して言った。

「それまで自由時間を大いに楽しもう」

男はウィンクすると、カップを持ち上げ、コーヒーを旨そうに啜った。

レストランと隣り合わせるバーでは、脂肪をたっぷり蓄えた年配のバーテンダーが、カクテルを作っていた。2人の男女から離れて近づいて来たボーイを見やると、手を休めた。

「で、お前、首尾は上々か？」

バーテンダーが声を落として訊いた。

ボーイが、小声で答えた。

「はい、上々です。予定通り3時にはお渡しできます」

「フム、楽しみだ」

バーテンダーが、ニンマリ笑った。


そこから3ブロックほどしか離れていないサクソン本社では、熱い株主総会が進行していた。今年は例年になく大勢のアナリストや報道関係者が詰めかけ、500人を下らない株主たちの反応を食い入るように見守っていた。隣の第2会場には、本会場に入りきれなかった株主たちが、総会の模様を映し出す巨大スクリーンを見上げていた。

会社が用意したサンドイッチの昼食をはさんで3時間が経過していたが、誰ひとり帰ろうとしない。

司会者に促されて、総会が再開され、CEO（最高経営責任者）のジャック・オルソンが議長席に着席して、静かな口調で切り出した。

「いましがた司会者のご案内にありましたように、午前中は全部で10を超える活発なご質問があり、弊社に寄せる皆様方の並々ならぬ関心を知ることができ、光栄に存じた次第です。さらなる率直な質疑応答を通じて、株主の皆様とのコミュニケーションを一層深めることができれば幸いです。

それでは引き続きご質問をお受けしたいと思います」

司会者が「では……」と言いかけて、すぐに中央後方を指差した。「どうぞ。お名前をおっしゃって、ご質問下さい」

30前後に見える痩せぎすの男がのそりと立ち上がった。

「ビル・ハミルトン。『緑の地球』会員です。御社は環境と安全を尊重する世界の会社とアピールしてかれこれ20年になります。が、実質は旧態依然、環境と安全をハナから無視したエネルギー開発を世界中で進めています。地球温暖化の観点から最も危惧される一例を挙げます。北極海で進めている三つの開発プロジェクトのうち、一番有望視しているグリーンランド沖のプロジェクトZについてです。ここでの大規模な採掘が海氷を融かし、白熊やアザラシを安住の海から追い払おうとしている。期待通りに大量の石油が出れば基地は拡充され、グリーンランドの北に石油化学工場を建設する。そういう計画があるやに聞きましたが、本当にそんな計画で進めているのかお訊ねしたい」

CEOのオルソンが苦笑して答えた。

「Zと名の付くプロジェクトの存在は否定しません。しかし、それはあくまで弊社の浮かんでは消える、多数のプロジェクトの一つにすぎません。まだ確定した案ではないのです。したがって、お話しできる段階ではありません」

ハミルトンが腰を上げて食い下がった。

「でしたら、いまの構想段階での話を聞かせて下さい。われわれは北極の環境破壊に無関心ではいられませんから」

「では計画の考え方について少しお話ししましょう。北極圏での資源採掘ということで、関心をお持ちと思いますが、われわれとしては通常の計画通り慎重に、環境に十分配慮して行う。人が住まないから、と傍若無人に開発を進めるようなことは決してない、ということです。計画が仮に実施に移される場合も、地元住民はもとよりグリーンランドを保有するデンマーク国の十分な納得と了解を得て計画に着手することとなります」

オルソンが〝心配ご無用〟という表情で応じた。


カルロスから国際的化石勢力の陰謀を聞くうちに、白井の記憶のスクリーンに忘れていたあのシーンが突然映し出された。

ニューヨークの昨日朝のことだった。朝食をとろうと、3番街と46ストリートに近いホテルを出て近くのコーヒーショップに入った。

欧米出張の時のいつものように、スタンドで新聞を2紙買って持ち込み、コーヒーと数個の菓子パンで午前の会議に備えるつもりだった。

30分後、朝食を終えてレジに向かおうと鞄を手に立ち上がった。目の前に一人の白人の若い男が横からフイと現れるのが見えた。男は一直線に向かってきた。白井は慌てて道を譲ろうとしたが、男はうつむいたまま白井の肩にぶつかった。

「オオ、失礼！」。男が叫ぶと同時に、手に持ったカップが白井の胸に当たってこぼれた。

「済まない、汚《よご》して済まない！」。男は大声で謝罪した。それから手早くハンカチを胸から取り出すと白井のブレザーの左胸に広がったこげ茶色のしみを認めて言った。

「失礼。汚してしまって申し訳ない。汚れを落としましょう。脱いでもらってよろしいでしょうか」

男はそう言うとブレザーに手を掛けた。

「結構です。自分でやりますから」。白井が返しながらハンカチを胸ポケットから取り出し、コップの水をたっぷり含ませた。男は首を振って再び詫びを入れ、そそくさと立ち去った。

白井が上着を男に渡すのをとっさに断ったのは、渡してしまうと内ポケットにしまった重要書類やパスポートを男に抜き取られる危険を感じたからだ。そういう被害に遭った例を、白井は知人から聞いている。ましてここはニューヨークだ。プロ中のプロがいる。何が起こってもおかしくない。白井の警戒本能がブザーを鳴らしたのだ。

もう一つ、白井が思い出したのが、午前の会議を終え、1時間半ほどのランチタイムに入った時のことである。白井は街を見ながら近くの広場で食事をとろうと、会場を出た。

4月の春風が暖かい日差しと交じり合っていた。人々は平和な表情で広場に面したカフェテリアで三々五々に昼食を楽しんでいる。

「気に入った、ここにしよう」。白井は独りごちると、テリヤキバーガーとサラダ、コーヒーをトレイに盛って木蔭のテーブルに腰を落ち着けた。

会議資料に目を留めながらコーヒーを啜っていると、横隣のテーブル席にコーヒーカップを手にサングラスを掛けた中年男が座った。

目を上げると、男が人なつこく日本語で話しかけてきた。

「日本からですか？　国連の会議ですか？」

白井は一瞬、戸惑った。男は30代後半で、教師か研究者のように見える。男の目が笑っている。

「そう、日本から。国連に出席。どうして分かります？」

「そういう雰囲気です」。男が軽快に言った。

それから10分ほど、男が日本の漫画に興味を持ち、日本に3年滞在して日本語を覚えた体験談や、白井が関心を寄せる最近のアメリカの異常気象について話した。

「このところの気候変動は、たしかに異常です。わたし、コンサルをしている先物取引の穀物商品会社も、最新情報を欲しがっています。需給を予測するのに、気象情報が必要ですから」

男がとつとつと言った。白井の頭の中でブザーが鳴った。（本当なら、穀物の先物相場の取引商社に関係しているらしい。だが、もしかしたら背後にいる黒幕は化石勢力かもしれない……)

男の目が据わった。ひと呼吸置いて男は言った。

「よろしければ、気候の最新データを譲ってもらえないでしょうか？　きょうの国連の会議に報告するインフォメーションなら大変ありがたいです。

どうでしょう？　調査報告と気象学上の新しい知見について、5ページ程度につき最低500ドル、相当な価値があれば、その2倍、3倍お支払いできますが……」

男が真剣な眼差しで迫った。

白井の背から血が引いた。男はなおも鋭い視線を突きつける。

「ご提案ですが」。白井がキッパリと答えた。

「情報の売り買いをやるつもりはありません。職業モラルに反するだけでない。取引というのは、そもそも自分には無縁です。

経済的に困っているわけでもない。カネは多少はあって欲しいが、貪欲と人から思われるほど欲しいとは思わない。どこかの大統領とは違います」

そう言うと、白井は腕時計をチラリと見て腰を上げた。

司会者が「よろしいですか。それでは……」と言いかけ、もう1人の質問者に視線を投げた時、ハミルトンがまた挙手をして腰を浮かせた。

「もう一つ、お訊ねしたい。１週間前に御社で開かれた取締役会によると、北極圏での開発計画を巡って重大な発言があった。

オルソンさん、あなたはグリーンランドに眠る巨大な資源を石油、ガス資源だけでなく金からモリブデン、レアアースに至るまでグループの総力を挙げて開発していく考えだ。あなたがこの戦略の旗を掲げ、全役員を説得しようとした……」

場内にざわめきが起こった。いくつものテレビスタッフのカメラがハミルトンの発言をとらえ、カメラのフラッシュが次々に彼に浴びせられた。

「CEO、あなたが打ち出した新戦略についてお尋ねしたい。グリーンランドを地球最大の未開発資源の宝庫と位置付けましたね。その全面的な開発をグループの総力を挙げて追求していく、この戦略の内容をわれわれ株主に説明してもらいたい」

「異議あり！　議長は運動家の尋問に答える義務はありません」

壁際にいた幹部社員らしき人物が、割って入った。

オルソンが平然と語りだした。

「では、いまのご質問に対してはこうお答えしましょう。新戦略というのは、与《あず》り知りませんが、役員会で有望な開発計画に関し、話し合われるのは当然のことです。たしかにあの時、北極の有望な資源埋蔵についても話が出ました。

一説によると、北極圏には全地球資源の22％が眠っている。これを増え続ける地球のエネルギー需要を賄うために有効活用できないか、などという話はありました。その中で、問題となっている地球温暖化に悪影響を及ぼさずに開発を進める方策を考えなければならない。こういう真摯な意見も出されたことを憶えています」

司会者がうなずいて「分かりました。では次のご質問に移りたいと思います」と言って、先ほど指名しかけた質問者を指差した。

紺のスーツを着こなし、緑のストライプが際立つタイをキリッと締めた中年のイケメン男が立ち上がった。

「株主へのご丁寧な説明に感謝します。議長の、逃げない誠実なご応答に感銘を受けました」

恭しくそう言うと、会場に小さな拍手がパラパラと起こった。株主たちに混じって潜伏しているサクソンの幹部社員が、同僚のサクラが演じる芝居を面白そうに見守った。

「さて、わたしの質問はごく基本的な、一般株主に共通する関心事の、地球温暖化に関してです」

男はここでグルリと周辺に目をやり、聴衆の反応を探った。前方の席を占める数人が、興味深そうに振り向いて男を観察した。

「地球温暖化は紛れもない事実と思います。ですが、これが工業化以降の人間活動の結果だというＩＰＣＣの判断に対して、わたしは正直なところ疑問と思っています。人類が誕生する遥か昔に、地球の二酸化炭素濃度がいまよりもずっと高い時代が続きました。気候がいまよりも温暖な時代が、つい数百年から千年ほど前の中世でも続いたと聞いています。

温暖化は人間活動の結果ではなく、自然の循環的な現象ではないでしょうか。われわれがまだ十分に知ることができない神秘な大自然の働き――これが地球温暖化の真因ではないでしょうか」

男が得意そうに胸を張った。オルソンがうなずいて答えた。

「わたしが以前から京都議定書を〝科学的根拠なき産物〟と呼んできたのは、周知の通りです。その後、研究が気象学者らによって積み上げられましたが、いまでも地球温暖化はおっしゃるように自然現象であって、人類の工業化が引き起こした人為的な産物とは考えません。

しかしながら、ＩＰＣＣを間違いだ、と言っているのではありません。見解が違う、とだけ申しておきましょう。わたしどもの会社で独自に集めた科学データと、ＩＰＣＣのデータとは異なる。これが意見の違いを生む原因と思われます。

ともあれ、この意見の違いは肯定され、尊重されなければなりません。それが民主主義ですから」

データが違えば結論も違ってくる、だからわれわれの意見も尊重して当然だ。この論理を押し進めると、世間では少なくともサクソン側の主張も間違いではない、一理ある、と受け取られる。地球温暖化に対する自然現象説が生き長らえるわけだ。

「なるほど。地球温暖化が工業化以降の経済成長と人口増加によって起こったというＩＰＣＣ見解とは真逆です。自然現象説には十分な根拠があり、尊重すべきでしょう。それが民主主義というものですね。なるほど、よく理解できました」

イケメン男が、納得顔で腰を下ろした。拍手がパラパラと起こった。会場が静まるのを見計らって、オルソンが再び語りだした。

「いま発言された方から大変いいお言葉を頂きました。神秘な大自然の働き、これが地球温暖化の真因ではなかろうかと――。気候学、生物学、地質学、どの分野も日進月歩で学説はさまざまに現れ、消えていきます。

最新の研究ではＣＯ２にしても遥か太古にいまより高い時代があった。当然、気候はいまより温暖です。他方で、全球凍結という、地球が赤道を含め全て氷に閉ざされた時代もあった、と地質学者は主張するようになりました。

一方、ＩＰＣＣも研究を重ね、知見を得て、独自の見解をまとめました。あの第５次評価報告書で温暖化を産業革命からの人間活動の結果、と判定したのです。

これを見ると、経済の成長自体がわれわれの生命や健康に有害なものを生み出してきた、いわば負の遺産を生み出してきた、との印象を与えます。

果たしてそうでしょうか。たしかに経済成長に負の遺産は避けられません。富裕者を生む一方、貧困者も生み出します。富の格差がどうしても広がります。しかし、だからといって、成長イコール悪、成長イコール地球温暖化と短絡していいでしょうか。少なくとも、科学的根拠が十分かどうか、となると、決着がついたわけではありません」

オルソンがイケメン男にチラリと視線を送った。

「ガリレオ・ガリレイはローマの教会勢力に訴追され、地動説の放棄を強要されましたが、法廷でこう言って抵抗した。『それでも地球は動く』と。

そう、われわれＩＰＣＣ反対陣営は、いままさしくガリレオと同じ境遇なのです。しかし、真理はいずれ明らかになります。地球温暖化を人為起源だと押し付けるＩＰＣＣに対し、良識ある科学者は言うでしょう。『それでも温暖化は大自然の営為だ』と。われわれの知識のまだ及ばない神秘な大自然の律動が、地球温暖化をもたらした、と」

そう言うと、オルソンは微笑して、

「われわれのこの基本的な立場にご理解いただければ幸いです」

と述べ、賛同を誘った。拍手が広がった。

オルソンは地球温暖化論議におけるこれまでの会社の立ち位置を一歩踏み越えたと思った。自然律動説を明確に打ち出したからだ。

２０００年当時、サクソン社が繰り広げた反京都議定書キャンペーンでは、火の粉《こ》を防ぐのが関の山だった。

あの頃、オルソンは本社企画部長としてプロ（親）サクソンの科学者をかき集める工作に汗をかいていた。目的は、地球温暖化が人間活動によって引き起こされた可能性を主張するIPCCに科学の権威者が異議を表明することだった。

著名な科学者の署名を集めて意見書を議会に提出する。これを下院のエネルギー商業委員会が取り上げて検討する。エネルギー商業委員会はコントロール下にある。結果、地球温暖化の人為説は証拠不十分と退けられ、米大統領は京都議定書を批准しない——。こういうシナリオをオルソンと、ひと握りの有能な部下が練り上げたのだった。

サクソン社の強大な動員力で、1万7千人の署名が集まり、請願書が議会に提出された。署名者には数千人の科学者がいたが、中には地球温暖化問題に関心がまるでないか、賛同するとは思えない映画スターやポップ・ミュージシャンも含まれていたことがのちに分かった。

ともあれ、この署名請願が功を奏し、米国の流れが一挙に変わる。2000年の大統領選で辛うじてアル・ゴアに勝利して、2001年1月に就任したジョージ・W・ブッシュは、アメリカのような工業国に京都議定書はふさわしくないと表明したのだ。

オルソンの脳裏に、2000年当時の株主総会の情景が甦った。(あの時は株主にこう訴えていた。「IPCCの科学的根拠は十分でない。ここにIPCCの主張を疑わしいと考える1万7千人の科学者の署名がある」と。当時はこれが精一杯だった。〝疑わしい〟を超えて堂々と〝IPCCが間違っている〟と反証したかったが、できなかった。反証するだけの十分なデータを持たず、研究も進んでいなかったせいだ。しかし、あの状況下でわれらはよくやった……）

オルソンが笑みを浮かべ、現実に戻って言葉を継いだ。

「気候の領域は気象衛星等の観測が進んで、かなり全体像や流れが分かってきました。が、依然、十分な解明からはほど遠い。未知の荒野がなお広がっています。

とは申しても、環境をクリーンにしようという国際社会の要求にはきちんと応えていかなければなりません。サクソン・グループの核心的な事業は安価で安心安全の、安定したエネルギー供給ですから。

環境対策にしても、メジャーである弊社が先頭に立ってリードするのは、責任ある立場として当然です。ですから、先のご質問にあった北極海のケースも、開発をするに際してはもちろん慎重に、環境に配慮して対応していく所存です」

オルソンが言い終えると、司会者がうなずき、「ではもう一人……どうぞ」と言って、中央後方の若者を指差した。男はさっきから発言しようと手を上げかけたりして落ち着かない。

黒縁メガネのひょろ長い男が立ち上がった。か細い声でＮＰＯの『地球の友』所属のショーン・スタインと名乗り、質問を始めた。

「ＣＥＯ、北極の開発について一つお訊きします。やる場合は従来通り環境に十分配慮して、などと言いますが、そもそも北極で資源開発をやること自体が罪なのです。それは北極圏のエコシステム（生態系）を取り返しのつかないほど破壊します。絶滅の危機にある生物種を絶滅させてしまう。たとえばホッキョクグマ。いま大激減していますが、あなたがたが石油やガス採掘に乗り出せば、温暖化を後押しして海氷をますます融かすのは間違いありません。ホッキョクグマはいま氷が消えてなくなっていくため、足場を失ってアザラシが取れない、セイウチが取れない、という状況に追い込まれています。

こういう絶滅の危機を押し進める資源開発は、罪そのものです。掛けがえのない地球の種を絶やしてしまう」

オルソンは苦虫を噛みしめた表情で聞いていたが、若者の発言が終わると、背筋をピンと伸ばして答えた。

「北極の環境は、気候変動で大きく変わってきた、と聞いています。とりわけホッキョクグマにとっては、生存条件が厳しくなっているようです。彼らを絶滅させてはならないとわたしも思います。その点では、あなたと意見を同じにします。

地球上の生物種を急激な環境変化から保護する。このことの大切さは言うまでもありません。サクソン社としても環境保全の重要さをわきまえ、環境保護基金への寄付など、この面でいくばくかの貢献もしてきました。しかしながら、環境軽視企業とかグリード企業などと、言われてきたことも事実です」

オルソンが若者を見据えた。

「はっきり申し上げておきます。北極の環境変化は好ましくありませんが、サクソン社がこれに関わることは一切ありません。ホッキョクグマの安住の地を消失させるような愚行はあり得ません。

環境に十分な配慮をする一方で、われわれはまた企業本来の責任も立派に果たしていかなければなりません。ここにお集まりの株主の皆様を失望させるような経営は問題外です。企業は持続的に成長することで、皆様をはじめとするステイクホルダーの期待に応えることができます。企業は成長できなければ行き詰まるのみです。

環境保全と企業成長――この二つの課題を重点的に真摯に追求していくことをこの総会の場で、株主の皆様にお約束いたします」

言い終えると、拍手がドッと起こり、広がった。オルソンが満足げに目を細めた。

オルソンの脳裏を、あの時の文書がチラッと掠めた。それはサクソン社が、『成長の限界』を1992年に出版したローマ・クラブを批判した2002年の公式文書である。『成長の限界』は、経済と人口の成長の持続可能性に疑問を投げかけ、波紋を呼んだ。この文書も、オルソンの率いるチームが作成した。

それは次のようにローマ・クラブの結論を真っ向から否定していた。

『成長の限界』によると、いまの時期までに、われわれは食糧生産、人口、エネルギーの入手可能性や寿命が減退しはじめている、と予測していた。このような展開のどれも起こり始めてもいないし、すぐに起こりそうな見通しすらない。つまり、ローマ・クラブは間違っていたのだ……。

司会者が声を張り上げた。

「午前中に続き午後も、活発なご質問が相次ぎました。これに対し議長は正面から真摯にお答えしたと信じます。最後にもう一つ、ご質問をお受けして終えたいと考えますが、よろしいでしょうか」

いましがた質問を終えたショーンと名乗る「地球の友」会員が、再び挙手をしてマイクを渡された。

「オルソンさん、あなたは耳障りな質問には正面から真摯にお答えになっていない。肝心なところをはぐらかしたり、逃げを打ったりしているように見えます。先ほど北極の環境変化にサクソンが関与することはない、と言明しましたが、これは北極圏で石油やガス開発をやらない、という意味ですか。発言の真意をお聞かせ下さい」

オルソンが平然と答えた。

「環境変化を引き起こすような無思慮な開発に関与しない、という意味です」

「なら、開発自体は進めていく、ということですか」。ショーンが食い下がった。

「開発に際してのサクソンの哲学を申しているのです。ホッキョクグマを絶滅に追い込むような無謀な計画は、論外ということです。エネルギー開発に際してはサクソンも『地球の友』という共生の感覚と付き合い方で臨んでいきます。これをお約束します」

オルソンが何食わぬ顔で語った。

司会者が不服そうなショーンの発言を制するように言った。

「北極に関するご懸念は十分に理解しました。ご質問は尽きないと思いますが、時間も押してきましたので、この辺で質疑を終えたいと考えます。なお、サクソン社の開発を含む事業計画および考え方等については、ホームページにて詳しくご案内していきますので、ご了解いただきたいと存じます。それでは、これにて株主総会を終了いたします。ありがとうございました」


オルソンは出席者の列が後方の出口に向かって消えていくのを議長席から眺めた。やがて最後の一人がいなくなると、隣の財務担当副会長のハリー・アトキンソンに語りかけた。

「ハリー、予想はある程度していたが、株主の質問はいつもより鋭かったな。地球温暖化絡みがしつこく続いた。北極は温暖化のシンボルだから、開発計画は用意周到にやる必要があるな。われわれがCO^{2}を増やすチャンピオンと思われてはいけない。たしかに、エネルギー業者の世界チャンピオンではあるがね」

オルソンが薄く笑った。アトキンソンがうなずいて、

「北極計画のことをあれほど突っ込んできたのは、想定外でした。あそこは地球でも一番温暖化に敏感です。北極の海氷の縮小は予想以上に進行しています。環境活動家からすれば、脅威を感じるのは理解できます。

避けなければならないのは、わがサクソン社が北極破壊のシンボルとみなされることです。北極海は氷が融ける結果、領有権や航行権問題でもますます騒々しくなる。世界の多国籍企業も権益に絡んでくる。このデリケートな時に、わが社が突出して破壊のシンボルになることは絶対に避けなければなりません。対策をいまから研究しておく必要があります」

「その対策だが……プロジェクトZを成功させる強力な環境プロジェクトチームを即刻作らなければならない。Zのコードネームを変えてね」

オルソンがニンマリと笑った。

「北極域は資源の宝庫、手放すわけにはいきません。この経営戦略を変えることは毛頭考えられません」

アトキンソンが断言した。

「なあハリー、エネルギー政策はいつだって国家の基幹政策だったが、今後はこいつがますます揺れてくる。環境への安全を巡ってだ。

具体的には、CO_2と原子力のゴミだ。環境団体は、化石燃料と原子力を目の仇にする。住

民の反発も強まりこそすれ、弱まらない。で、エネルギー開発をどうするか？　国も、われわれエネルギー会社も、ますます頭を痛める。どうやって国の成長に向け、安定エネルギーを供給していくか——と」

オルソンの眉間に皺《しわ》が刻まれた。

アトキンソンが合の手を入れた。

「その解答の一つが、人の住まない北極ですね」

「その通り。北極海の権益を主張する当事国は海に面した5カ国だ。ロシア、カナダ、アラスカを持つアメリカ、ノルウェー、グリーンランドを領有するデンマーク。これに96年9月のオタワ宣言に基づき設置された北極評議会のメンバー8カ国が、北極の開発、環境保護といった課題に関与する。先の5カ国のほかアイスランド、フィンランド、スウェーデンの3カ国が加わる。これに図々しくもリング外の中国が〝北極は地球の資源〟と主張して権益の分け前を虎視眈々と狙っている。なにしろ北極圏の投資価値は、ざっと1兆ドルに上ると見られているからな。

氷が融けたお陰で、航海可能な日数は年間150日程度と10年前の3倍ほども増えた。北極開発を図る欧米企業への資本参加や買収工作は活発化の一途だ。グリーンランド近くの島を巡ってカナダとデンマークがそれぞれ領有権を主張している。ロシアは潜水夫を深海に潜らせ、ロシアの大陸棚に鋼鉄製の国旗を立て、『ロシアの領海だ』と言い張っている。中国も北極を

『一帯一路』と結び付けて野心を隠さない。

日本はアメリカの同盟国として重要だ。が、北極への関心はゼロに等しい。中立的な立場から国際海峡における航行の自由を主張してわれわれをバックアップしてもらいたいが、まるで他人事のようだ。北極では、すでに国家と企業が陰謀を巡らし、暗闘を繰り広げている。地球最後の資源の宝庫を分捕るためだ。われわれもこれに乗り遅れてはならない」

オルソンが自分に言い聞かせるようにつぶやいた。

「会長のお考えは百も承知です。早速、プロジェクトZに代わる、もっと洗練されたプログラムを考えましょう。環境団体を黙らせるようなやつを」

アトキンソンが請け合った。

「そのZの代案だが、同業と組むのが賢明だ。打診はしてある。反応も上々だ。環境問題を乗り切るポイントは、一つだ」

オルソンが声を潜め、周囲に視線を走らせた。残った役員全員が、運ばれてきたコーヒーを口にして、三々五々に談笑している。

「ポイントとは？」

アトキンソンも声を落として尋ねた。

「化石燃料業界が揃って協力することだよ。国際的にも一致してだ。1社だけ環境問題の矢面に立たされるような愚は避ける。業界の浮沈を賭けた問題だから、われわれ全員の問題として受け止める必要がある。

具体的には二つの方法がある」

オルソンの目がギョロリとアトキンソンを睨んだ。

「一つは業界の国際的な連携だ。われわれはエネルギー業界のメインストリームだ。太陽光とか風力業者はまだまだひよ子だからね。われわれが世論をつくるのだ。貧困を解決し、世界の経済を成長させるためには石油、ガス、シェールの開発が不可欠だとね。国際社会は幸い、成長神話を信じている。G7、G20も成長を加速させようと躍起になってる。われわれの世論誘導のポイントは、成長を加速させるには地球温暖化を大目に見る、ということだ。

では、どこまで大目に見るか。わたしの個人的見解だが、21世紀末までに工業化以降の気温上昇率を2・5度まではやむを得ないとする。この上昇レベルを想定して成長モデルをつくる、温暖化には適応していく——国際社会がこういうコンセンサスで一致することが、われわれの利益にかなう」

アトキンソンがうなずくのを見て、オルソンが続けた。

「この辺の工作は、ホワイトハウス、議会の両面でいつものルートを通じて精力的に進めていく必要がある。〝成長のためにある程度の温暖化やむなし〟は、アメリカが先頭に立てば反対する国は少ないだろう。中国、ロシアも追随する。中国はかつての成長力を失っているし、ロシアは温暖化の恩恵を大きく得るからね。同盟国では、日本は原発の再稼働も思い通りに行ってないから、賛成とくる。結局、われわれの工作は成功する。何もかもうまくいくのだ」

アトキンソンが「なるほど」とうなずいて、話の先を促した。

「政策論争に持ち込むことが肝心だ。成長あっての環境政策となるのは、間違いないからね。国が成長優先でいく限りわれらエネルギー産業の将来は明るい。未来の展望は常に開かれていく。

しかし、気をつけなければならないことは……」

オルソンが一瞬、周辺にチラリと視線を走らせた。

「われわれは表舞台に決して現れないことだ。裏方に徹して仕事をする。仕事とは企画と根回しだ。根回しの相手は政府と議会の中枢、それとメディアだ。彼らを動かし、世論を動かす。もう一つ、事業の進め方も用心だ。新規開発を単独で進めるのは、リスクが大きい。悪役に名指しされ、集中攻撃にさらされる恐れがある。業界の仲間たちが、次々に各個攻撃にさらされる危険は避けなければならない。

そこで……」

オルソンがまた周辺に目を配った。

「単独開発はやらない。他の同業大手と提携し、多国籍事業として政府を巻き込んで取り組む。複数の企業が参加する形にする。業務と資本の提携による多国籍の共同事業。こいつが一番だ」

アトキンソンが納得の笑みを浮かべ、口を挟んだ。

「いいお考えです。完全に筋が通っています。過激派も相手が複数の多国籍企業となると、戦いは簡単でない。訴訟を起こすにも費用、手続き面で一段と厄介となりますから」

アトキンソンもオルソンにならって環境原理主義とみなした者に対し「過激派」という呼び名を使った。２人ともエネルギー産業に敵対する勢力をひと括りにそう呼んでいる。

「過激派が困る？　いいことではないか。訴訟資金も手に負えない？　結構な話ではないか。まさしくそれが狙いだ。そうなるように仕組むのだ」。オルソンはほくそ笑んだ。

「フフフ、君はいつだってわたしのよき理解者だ」

アトキンソンが笑顔で応じた。

「いつもあなたの戦略には感服しますが、いまおっしゃった新戦略は、われわれ多国籍企業にとって完璧と思います。国際社会に経済成長を最優先させる。石油、ガス、シェールが成長の熱源であり続ける。将来性のある北極の開発は単独でやらない。多国間の国際的な提携事業として行う。じつによく練られたシナリオです」

「早速だが、アトキンソン」。オルソンの声が弾んだ。

「北極の件で、提携第1候補と交渉に入る準備をしてほしい。相手はシャインオイルだ。世界ランキング5位。シェール開発に重心を移している成長会社だ。トップ一行が来週の水曜、当社を訪れる。この会談で提携の内容を固める」

オルソンが自信満々に語った。

1週間前、オランダのアムステルダムで開かれた国際石油情報交換会の懇親パーティ。ここで両首脳が話し合った際に、オルソンのほうから出された提案だった。

その時、オルソンはこう持ちかけたのだ。

「原油価格の下落は収まらない。一方で探査に始まる製造プロセスのコストばかりでない。安全・環境絡みのコストが止めどなく膨らみ続け、経営を圧迫している。ここは、われわれが知恵を出して賢明な提携をして切り抜ける必要がある」

このように説得に踏み出したのだった。

シャインオイルの会長兼CEOのヨハン・シュライヒャーは、「同じことを考えていました。提携による解決を通じて困難を打開していきましょう」と応じ、この提携話を喜んで受け入れたのだった。

アトキンソンが、コックリとうなずいて鷹揚に言った。

「了解しました。すでに手はずを整えられてる。さすがですね、会長は。いつも言行一致、準備万端ですから」

オルソンが目を細めた。お世辞とは分かっているが、気分は上向く。アトキンソンを側近に引き上げたのも、彼が側《そば》にいると何かと励まされ、心強いからだ。彼のお世辞は、多忙を極め、気の休まる間もないオルソンに一種の〝精神安定剤〟になっていた。そこで、お世辞と分かっていても、いつもそれを喜んで服用した。

「ところで、レインコートのほうはうまく進んでいるのかね?」

オルソンがコーヒーを啜ってから声を潜めて尋ねた。

「レインコート」とは、コードネームで、盗聴工作のことだ。「オペレーション・レインコート」と名付けられ、関与する工作員は部長を含め総勢5人。オルソン直属の特命で動く秘密組織で、会社のホームページにある組織図や履歴から外され、公式には存在していない。

「計画通り、2方面で順調にいっています」

アトキンソンが、二本指を立てて請け合った。

「れいの会場のほうは、エージェントが会議の参加者になりすましてじかに傍聴しています。閉会する5時まで続けます。もう一つ、彼らの私的な会話、メールのほうもエージェントを通して漏れなく収集しています。万事、首尾よく進んでいます」

「それは何よりだ。で、結果はいつ聞けるのかね?」

「今日が情報が届けられる日です。夕刻までに届けられます。分析したあと明日の午後にはご報告できます」

アトキンソンが声を潜めて伝えた。

6．シェール業者

斜め前に座っている男は、日本人のようだった。白井は初め大勢が参加しているアジア系の1人と思っていたが、会議の内容を細大漏らさずに書き留めている様子が、印象を変えた。几帳面さと眼鏡の雰囲気からひょっとして日本人かもしれない、との思いがよぎった。

（日本人だとしたら、どんな関係者だろう？）

白井は自問した。日本から訪れた会議の参加者は合計10名のはずだった。そのいずれも白井は昨日までに顔を見知っていた。参加者名簿リストも持っている。

うち3人が民間の気象学者、7人が気象庁からの白井を含め関係省庁から派遣された気候変動関連の専門官であるはずだ。昨日、この日の会議に備えて全員が情報共有を目的にニューヨークの日本領事館に参集し、それぞれ自己紹介を交わしていた。

（もしも日本人なら、ぼくらのルート外から入ったに違いない。考えられるのはアメリカルート、あるいは日本の石油会社からかな。いずれにせよ、気候変動絡みの関係者に相違ない）

白井は想像を巡らした。

会議は、インドの気候学者が海面上昇の脅威について講演しているところだった。

「バングラデシュの沿岸部が海面水位の上昇で浸水を被り、住民が逃げ出すようなことが起これば、――それはきわめて差し迫った危険だが――環境難民が何千万人も、われわれのインドに押し寄せることになります。いや、すでにその危険を感じた住民の一部は、われわれが築いた国境の壁を抜けてインドに不法移住を繰り返しています。

つまり、地球温暖化はインドに隣国からのあふれ出る難民問題を突きつけているのです。バングラデシュの低地が首都ダッカをはじめ高潮にそっくり漬かるようだと、どんなことになるか？　バングラデシュは人口大国ですぞ。狭い国土になんと1億4千万人もの住民がひしめいている。彼らは住むところがなくなれば、環境難民にならざるを得ない。急に生活の場を失って国を捨てなければならなくなる」

早口でまくし立てると、インド代表のシンと名乗る大男は、テーブルのペットボトルを取り上げ、ミネラルウォーターを一気に喉に流し込んだ。それから「ハァ」と大きく息を継ぎ、会場をグルリと見回して白い歯を覗かせた。

（この分では時間超過のロングスピーチ間違いなしだな……）。白井はおかしさを噛み殺した。つい昨日、ランチ後の日本領事の吉松との懇談で、こう聞いたからだ。

「インド人のスピーチは決まって長いので、これを短く切り上げさせるのが、いつでも国連の重要課題となっています。インド代表のスピーチの時にはトイレを我慢されないよう、くれぐれもご用心ください。インド人の出番の前に、遠慮なくおやり頂くのが、国連での賢明な対処法です」

吉松が静かに語り終えると、全員がドッと笑い、会場の雰囲気がいっぺんに和んだのだった。

白井はこのシーンを思い出していた。

「さて皆さん！」とシンのロングスピーチが再開された。

「もしもバングラデシュが海水に漬かるようなことになれば、その災厄はシリアどころではないことがお分かりでしょう。1億4千万人が生存を求めて国を脱出するのですから。歴史上空前のエクソダスですが、かつて古代イスラエル人を受け入れた〝乳と蜜の国〟はいまではどこにもありません。難民の規模が天文学的です。どこに受け皿があるでしょうか？　恐ろしい結末が待つばかりです。地獄絵図を見るような恐ろしい結末が……」

シンが言葉を止めて聴衆の反応を窺った。

シンが〝環境難民〟の脅威を繰り返し訴えているうちに、斜め前の男がいつの間にかいなくなっていることに白井は気付いた。

白井は直感に促されて男の後を追うように席を離れ、会場の外に出た。

男はロビーの隅で、何やらケータイで話し込んでいる。近づくと日本語が聞こえてきた。

男は振り向いて白井に気付くと、声を落とし「以上です。またご報告します」と言って電話を切った。

白井は、怪訝そうな男ににこやかに声をかけた。「日本から来られたのですか」

男がうなずいて、「ええ、大切な会議ですから」と答えた。男は50歳前後に見える。

白井はこの応答で、内心（まずは足がかりに成功）と確信した。（次にお決まりの手順を踏んで……）

白井は快活に持ちかけた。

「インド代表の話はくどくて長い。そう聞いていましたが、聞きしに勝りますね。ちょっと休憩に外に出ました」

そう言うと、男は「本当に長い」と答えて微笑んだ。

白井は名刺入れを取り出し、

「これもご縁かと……はじめまして。わたし、気象庁から派遣されてきました」と言って名刺を差し出した。

男はこれに応じて内ポケットから名刺入れを取り出し、1枚引き抜いた。

「コンサルタント業に携わっております」

見ると、「Global Consulting Inc.」と英語で書かれてある。名前は「Togo Taro」と記され、オフィスの所在は本部を東京に置き、ニューヨーク、ロンドン、上海などとある。

「世界各地でお仕事をおやりになっている、国際的にコンサルティング業務を手掛けておられるのですね。……おや、テキサスでもされているのですか」

白井がオフィスの一つにDallasの文字を見つけて言った。

「ええ、コンサルティングの顧客は主に石油、ガス会社ですからね」

相手が予報官と知って安心したのか、トーゴーが率直に取引情報を明かした。

「それで、会議にはご関心が深い——というわけですね」

白井がそう持ちかけると、

「おっしゃる通り。関心大いにあり、というところです」

トーゴーが微笑み、「長いスピーチもそろそろ締めに入っているかもしれません。席に戻ることにしましょうか」と言って会釈し、入口のドアに向かった。

白井は男がドアの向こうに姿を消したあと、手に取った男の名刺をしげしげと見た。肩書きは「Senior Adviser」と英語で書かれ、裏の日本語表記には「上級顧問・シェールオイル担当」とある。

(すると東郷と名乗る男は、シェールオイル絡みの情報を欲しがっているようだな)。白井の推理が始まった。

(シェールオイルといえば、オバマ政権が開発に熱を入れ、石油・ガス業界やウォール街を喜ばせた。反面、環境保護派を敵に回したっけ。地球温暖化や環境保護の観点から反対や批判が起こって当然だ。

東郷はテキサスで進めるシェールオイルの開発をなんとか軌道に乗せたい。とくにパーミアン鉱区の開発が関心の的だろう。軌道に乗るかどうかはコスト次第と聞いている。そのコストは需要が拡大すれば当然下がり、採算に乗る。乗せるためには、アメリカをはじめ成長経済が必要だ……というシナリオでやつは動いているのではないかな?)

白井がいつものように「情報の1階」から推理を働かせた。1階は「行動の動機」だ。そこから2階、3階へと上がる算段だ。

（東郷の役目は、はっきりしている。シェールオイル業者の代弁者だ。任務は、工作を担当するスパイ役ではないか。温暖化対策に難クセをつけ、シェール開発に弾みをつけるのが狙いのようだ）。白井が目をつぶって想像した。

会場に戻ると、聴衆の一部に注意を向けた。東郷と並んで座っているアメリカ人らしい2人の男だ。3人はシンの講演の前に話をしていたから仲間のように見える。

バングラデシュ政府の反インド政策を非難するシンの話は延々と続いた。持ち時間をとっくに超えていたが、シンは平然と手を変え品を変え、自説を繰り返した。

その日の夕、会場となった国際ホテルのレセプション・パーティーは、300人を超える参加者で賑わった。

白井がシンら講演者の話を聞いていると、向こうに東郷の姿がチラリと見えた。白井が近づいて話しかけた。

「大変盛況ですね。お仕事のほうもお忙しいのでしょうね？」

「お陰さまで。地球環境の問題ですから、忙しくなる一方です。白井さんも気象異常が頻繁になって、お仕事は大変でしょうね。ところで、今日の講演の内容はいかがでしたか。とくに目新しいものはありましたか？」

東郷が早速、会議の評価について探りを入れた。

「一つ気になったのがありました」

白井が答えると、東郷の目が光った。

「ほう、どの講演でしょう？」

「日本人の杉山教授の南極に関する話です。あれは大変な示唆に富んでいます」

白井が、2番目に講演した南極観測の話に言及した。

「気になったのは、南極東側の寒冷化の話です。周知の通り南極大陸は奇妙にも西と東がチグハグな気候変動になっています。南極半島をはじめ西側は温暖化が明瞭です。対して東側はむしろ寒冷化しているか変化していない。西側は氷床が融解しているのに、東側は増大しているとも言われます。この矛盾した状況はナゾでしたが、杉山教授はいずれ大陸全体が温暖化するのは時間の問題だ、と指摘しました」

「たしかに、そう指摘していました」

東郷が、赤ワインのグラスを口から離して応えた。

地球で温暖化が最も進んでいるのが北極域であることは、すでに明らかになっている。地球平均の2～3倍のハイペースで気温が上昇している。北極海に張る海氷の減少、グリーンランドの氷河・氷床の縮小が、これを物語る。

ところが北極と反対側の南極は、西と東で状況がまるで異なるのだ。このナゾは解明されていないが、そのナゾの解明に杉山教授が一石を投じたのである。

　白井が説明を加えた。

「彼の新説はきっと波紋を呼ぶでしょう。昭和基地が初めて南極上空の成層圏にオゾンホールの存在を確認して以来、オゾンホールのお陰で成層圏は寒冷化し、それが下の対流圏に影響を及ぼして極渦《きょくうず》（極域の成層圏で発生する巨大な低気圧の渦）状態が強まり、南極の東側や内陸部を冷やしていった。ところが、オゾンホールをもたらしたフロンガスの規制が進んでオゾン層が再び厚くなってくれれば、成層圏の寒冷化は妨げられてCO_2などの温室効果から南極全体が次第に温暖化に向かう。これが彼の新説の趣旨です」

「そう言っておられましたね」

　東郷がうなずいてから付け足した。

「興味深い仮説ではありますが、彼の予測通りに南極全体が温暖化に向かうかどうかは不確かです。北極にしろ南極にしろ、まだ分からないことが多すぎる。未知の分野がなお多いのに、温暖化の危険とか人為起源説を強調して騒ぐのはいかがなものか。原因を科学的に解明することが対応の出発点です。もっと慎重に構える必要があるのではないですか」

　東郷が本心を覗かせた。（未知とか未解明を理由に温暖化を放っておけば、地球は一体どうなっていくと思ってるんだ）と白井は内心叫んだが、そうは口にせずに言った。

「気候変動の要因は単純ではない。いろんな要素が複雑に絡み合って発生するのも事実です。

十分な解明は容易でない。十分に推測できても、なおデータが必要な場合もあり、証明までになお時間がかかります。が、100%解明できないからといって対策を怠れば、そのツケは膨れ上がる。対策に時間がかかるほど負荷は重くなる。京都議定書のような迷走はご免だ、というのが、われわれ学会の常識です」

白井がピシャリと言った。

東郷の表情が一瞬曇ったが、すぐに取りつくろって返した。

「学会の中でも懐疑派もいるのではないですか？　わたし共はそう聞いていますが」

「もちろんいます。ですが、いまではごく少数といってよいでしょう。データや研究成果が集まるにつれ、かつての懐疑派の多くも確信派に変わっていった。これが現状です。いまは地球温暖化の主因が人の活動によるものだという認識で、われわれは一致していると言ってよい。ＩＰＣＣの報告書が、その集大成です」

白井は東郷の目に敵意の炎が点るのを見た。

さらに追撃態勢に入った。

「ＩＰＣＣは、地球温暖化の主因は人間活動と結論付けましたが、その実態は化石燃料の消費増です。データの示すところ産業革命以降、世界中で増え続け、90年代から急増し、今後も増加の見通しです。これをなんとかしなければなりませんが、簡単でない」

東郷がムッとした表情を見せて反論した。

「簡単でないのはある意味、当然です。温暖化の原因が人間活動だとしたら、極論すれば温暖化を止めるには人間活動を止めるほかない。経済成長とか近代化を諦めて近代以前に戻るしかない。こんなこと可能でしょうか？」

東郷の語気が荒くなった。白井は内心（しめしめ、やつの本音を引き出した）と思った。が、何食わぬ顔で言った。

「ＩＰＣＣの抑制目標は現実的です。この目標が達成されれば、21世紀半ば以降に植林等のCO_2吸収策も実って温暖化ガスの増加は実質ゼロになる、という筋書きです。問題はこの目標自体をまやかしとかでっち上げだと反対する政治的圧力があることです」

「政治的圧力？　あるかもしれませんが、民主主義社会ならあって当然ではないですか。環境政策にはマイナス面も伴います。経済活動を抑えて成長を阻害するとか……気候学者の一部の主張に唯々諾々と従うのが、政治とは思いませんがね」

白井は（彼らの主張の輪郭が現れてきた）と思いながら、さらに水を向けた。

「いまの焦点の一つは、アメリカが熱を上げるシェールの開発ですが、これはどうなっているんでしょう？」

白井が話題をシェールに移した。

「シェール」と聞いて東郷は顔を上げ、白井を見据えて言った。

「鋭意、取り組み中です。開発を進めることが世界の利益、日本の利益です」

白井が牽制した。

「たしかに原油価格が安くなったりして、経済への好影響が出てきました。トランプ政権も環境からエネルギー開発へ舵を切った。業者が味をしめて乱暴な開発に走らないかどうか、ちょっと心配です」

白井が米オクラホマ州最大の石油・ガス企業「デヴォン・エナジー」を念頭に置いて言った。この企業はオバマ大統領が2013年に制定した温室効果ガス排出削減策「クリーン・パワー・プラン（CPP）」に反対して米環境保護庁（EPA）を相手取り同業他社と共に訴訟を起こしていた。「地球温暖化は排出ガスのせいではない」と主張するエネルギー開発業者の先頭を走り、シェールの開発に血道をあげているのだ。

「心配、心配と開発プロジェクトのたびに環境原理主義者は言いふらしますが、彼らは経済の肝心なところがはなから視野に入っていません。経済の成長とか産業や生活へのエネルギー供給にはまるで関心がない。認識がいびつなのです」

遠回しに白井を環境原理主義者と位置付け、認識が歪んでいると断じた。

白井が冷静に東郷を観察した。

東郷が黙り込んだ白井を見て、勢いづいて言った。

「この会議は大変重要だ。それは認めますが、始めに結論ありきです。問題が科学的に十分解明されていないのに、化石燃料真犯人説を信じて疑わない。これでは世界のエネルギー業者を説得できません。環境原理主義は、社会に分断をもたらします」

白井の傾聴しているのを見て、東郷はさらに調子づいた。

「トランプ政権の登場が歴史的な意味を持つのは、アメリカをまともな道に戻そうと本気で取り組むからです。環境原理主義は、ある意味、イスラム原理主義と似ている。過激な観念に支配されているのです。トランプ大統領こそ、こういう危険な原理主義者を排除して、アメリカの良き伝統を復活させようとしている。アメリカを再び強く偉大で、まともな国にしようとしているのです」

東郷が言い放った。それから白井の反応を楽しむかのように微笑んだ。

「いずれ分かる時が来ます。原理主義との正面切っての戦いの結果が。世界の風景が、劇的に変わります」

そう言うなり、東郷は軽く会釈して立ち去った。

Ⅱ

グリーンランド

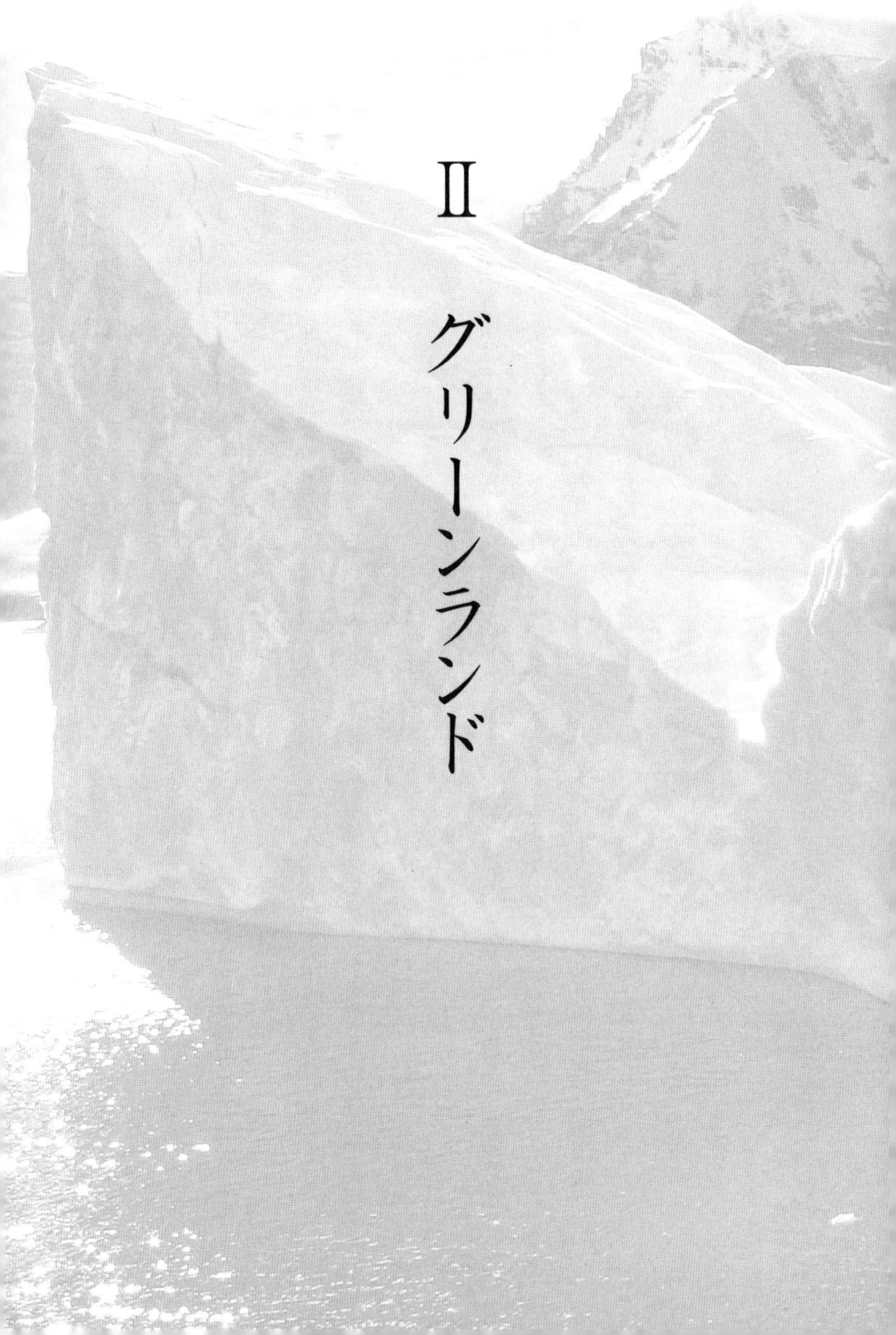

7. 国際石油資本

サクソン社が国際石油資本の中で並外れて厳格な経営管理体制を敷いていることは、業界でも評判だった。「サクソノミクス」という標語が、新しい管理システムが導入されるたびに業界各社を駆け巡った。

会社で新しい内部統制の企画案を持ち出す上級管理職は、しばしば業界用語で「サクソニアン」なる言葉で揶揄《やゆ》された。サクソンの社内規則にそっくりな安全基準が採用されると、「わが社もとうとうサクソナイズされた」と陰口が叩かれた。サクソンの動向は、それほど注目されているのである。

この抜群の注目度は、世界屈指の売上高を誇る全米一の多国籍企業として、産業界の指導的な地位にあるせいだけでない。米フォーチュン誌でアメリカを代表する「最も尊敬できる企業」のトップテンにここ数年、返り咲いたせいだけでもない。石油会社の安全・環境問題に世界が一層関心を示すようになったためだった。

サクソンがこの点でも、世界の先端を行かなければならない理由があった。1989年に太平洋岸アラスカ湾で起こした途方もない石油流出事故の再発を防ぐのが、サクソンの最優先政策課題になっていたからだ。

あの3月の深夜――。サクソン・アーリーバード号は124万バレル余の原油を積んでアラスカ湾バルディーズ港を出航した。裁判記録によると、風は弱く海は穏やかで視界も晴れていた。すでにこの場所を100回以上も往復していたから、乗組員や沿岸警備隊の監視員の誰ひとりとして、無事に出航していくことを疑わなかった。

しかし、アーリーバード号はほどなく、昼なら肉眼でも捉えられる環礁に乗り上げてしまう。午前零時過ぎ、同タンカーは耳をつんざく音と衝撃に揺れた。「座礁だ！」と一等航海士が叫んだ時には船腹は引き裂かれ、内部からボコボコと黒い油が浮かび上がってきた。

事後調査で、ヒューマン・エラーが原因と判定される。船長のビル・アンダーソンが事故当時、司令塔で指揮を執らずに自室に引きこもり、ジントニックを痛飲していたのだ。調査報告書は、アンダーソンの職務を怠った飲酒を事故の真因と突き止めた。

アンダーソンは事故直後の事情聴取に対し「自分は執務室で書類を処理していた」と言い張ったが、薬物・アルコール検査の結果、アルコール反応が出て飲酒していたことが発覚した。観念したアンダーソンは、数年前から家庭の不和が原因でウツになりアルコールに入り浸っていた、と自白した。

アンダーソンは当時44歳。船長として長期にわたる家庭不在から妻との間が疎遠になり、酒で気を紛らす回数が増えていったという。

会社お抱えの医師はアンダーソンをアルコール依存症と診断した。この判定を受け、サクソン社はすぐさまアンダーソンを懲戒解雇した。

原油流出事故は、サクソンの屋台骨を激しく揺さぶった。クジラ、アザラシ、ラッコ、海鳥などが、油にまみれて死んでいく姿がテレビに繰り返し映し出された。海上に強い風が吹くと、漂っていた油は高さ30メートルもある沿岸の木や施設の壁に飛び散り、張り付いた。環境活動団体が全米や海外から駆け付け、「過去最悪の環境汚染事故」と報じ、エネルギー政策を石油偏重から脱石油へ即刻、切り替えなければならない、と訴えた。

この事故で、サクソンは管理体制の甘さが世論の袋叩きにあい、根本的な内部改革を余儀なくされる。真っ先に槍玉に上がったのは、船長の飲酒癖だった。

「サクソンの緩んだタガを締め直す」と当時のＣＥＯ、アルバート・コールは記者会見で宣言した。アメリカの市場シェアがピークの９割に達した１９７０年代当時は、サクソンは業界で最もルールに厳格な企業として知られた。上級幹部たちは創業者の理念を受け継いで禁欲的で付き合いづらいと見られた。煙草を吸わず、ガムを噛まず、保守的な服装や髪型の堅物、と思われていた。

しかし、時が経ちグローバル化が進み、内外でさまざまな人材を雇用するうちに、サクソンの伝統的な規律が緩みだした。それは多種多様な人材を雇用することで企業の厚みと多様性を増そうとする人事戦略と裏腹の関係にあった。多様性は増したが、規律は失われたのである。

原油流出事故は、この流れを一挙に引き戻した。「緩んだタガを締め直す」が、役員会の標語になった。

内部改革はルールの見直しから始まった。はじめに事故の再発防止の具体策が検討され、船長をはじめタンカー乗組員の薬物・アルコールテストの完全実施とその厳格な適用が決まった。「アルコール・アディクト（中毒者）に船を任せるわけにはいかない」とコールは一喝した。

身柄を拘束されたアンダーソンの口から、日頃の飲酒の習慣が明らかになった。食事前にウイスキーのダブルを4～5杯、食事中にビールとワイン各1本、食後にもダブルで数杯、ウイスキーに代えて時にはジントニックやコニャックを楽しんだ。本人も飲み過ぎとは思っていたが、意に介さなかった。「誰ともトラブルを起こさなかったし、倒れたり意識不明になることもなかったから」と。それればかりか「むしろふさぎ込んだ心を軽くしてくれる薬のようなものだった」と供述した。

調査員が彼が住むニューヨークの病院を調べたところ、数年前に軽いウツとアルコール依存症の治療を受けていたことが分かった。一時はアルコール依存症患者の会合にも出席したが、飲酒は続いた。

報告を聞いたコールは「飲酒にも規律が必要だ。こういう規律なき飲酒が事故を起こしたのだ」とタガの締め直しを改めて宣言したのだった。コール自身も酒好きで身長190センチ、体重100キロを超す巨体から、むろん大酒飲みの部類に入る。が、週に1回は休肝日を設ける規律は辛うじて保っていた。

薬物とアルコールに関する方針は、全面的に見直された。治療を受けた者全員はむろん、指定された職種の従業員全てにテストが義務付けられた。指定職種対象者の中にはデスクワークしかしていない上級幹部300人も含まれた。酒を飲めない体質の者もいたが、「コール・ルール」に基づき全員が薬物・アルコールテストを強制された。

このテスト指定職種にはタンカー船長はもとより、石油輸送の運転手や製油所、石油化学工場のオペレーターや管理職も含まれた。「油を扱う者全てをテストし、過剰摂取者を排除する」というのが新ルールだった。薬物・アルコール・アディクトが判明すれば、直ちに指定病院で治療しなければならない。治療すれば解雇は棚上げとなるが、指定された職種に異動・転属させられた。

このテストで、意外な事実が浮かび上がった。

それはビジネスで百戦錬磨を自負したコールをも驚かせた。コール自身がよく知る若手の有能な女性の上級幹部が、アルコールテストに引っかかったからである。

この女性、スーザン・カーはテキサス州の地元テレビ局でも紹介したほど才気に富んだ執行役員だった。2月にニューヨーク本社の企画担当マネジャーから抜てきされて執行役員に38歳の若さで昇格し、転任してきたばかりだった。周囲から、将来のトップ候補の1人と噂されていた。

ダラス・ブロードキャストが、着任早々に彼女の勇敢な横顔を紹介した。前日にアクシデントが起こった。製油所からガソリンを予定通り港に運ばなければならないが、肝心の運転手が欠勤を知らせてきたのだ。代替の運転手が見つからないと分かると、彼女はオフィスから出て自らタンクローリーに乗り込んだ。悪路を300キロ走って無事に予定通りにブツを届け、男ばかりの同僚から喝采を浴びたのだった。

この快挙を地元のテレビが伝え、スーザンは一挙に注目を集めた。そしてこの時のビデオと共に、地元紙の報道記事も本社に送られ、コールをはじめ役員がこれに目を通した。彼女の颯爽とした印象が、彼らの脳裏に強く刻まれた。

だが、酒はほどほどにたしなむはずの彼女が、じつは重度のアルコール依存症であることが発覚したのだ。

コールはスーザンのアルコールテスト結果と診断報告書を注意深く読んだ。テスト結果は「治療を要する」とある。（本当か？）コールは胸の中で反問して、報告書に目を移した。

そこには、彼女自らが記したアルコール依存に至った経緯が添付されてあった。のっけから「アルコール・アディクトはサクソン病です」と書かれた大見出しが、コールの目に飛び込んできた。

ひと通り読んだあと、コールはもう一度手記の肝心の部分に戻って精読してみた。

わたしを驚かせたのは、自分自身が二つに引き裂かれ、二重人格になってしまったのを知った時でした。子供の頃に読んだ『ジキル博士とハイド』のように、本当の自分とは全く別の人間が自分の中に棲《す》んでいるのを知ったのです。

そうなったのは、サクソンという世界的な企業の理念と、その要求する秩序にわたしがムリして従い、これを崇めた結果です。わたしはいつしか理性を失い、サクソンの超エリートのかかるサクソン病に冒されていたのです。

わたしは全身全霊をサクソンに捧げてきたことに気付きました。そう、サクソン教という新興の宗教に耽溺し、自分自身を見失ったのです。自分をもぬけの殻に、空っぽにしてしまったのです。

史上最速といわれた、女性としての役員就任は、サクソン崇拝の成果といえるかもしれません。勇敢なサクソンの女戦士——その評判はわたしのプライドを満足させるものでした。なぜならわが社の売上高は常に世界のトップ10に入り、スウェーデンやベルギーなど多くの先進国のGDPをも上回る繁栄を誇っていましたから。

サクソン病はまことに恐ろしい精神の伝染病です。あらゆる政府は次々に衰退し、退場するが、サクソン帝国は永遠に生き延びる——というのがその根本理念です。サクソンのつくった権威と命令への絶対服従が、サクソン信仰の本分です。わたしはその盲目的な信徒になっていたのです。

いつしかわたしの魂は二つに分かれてしまいました。新しく成長した魂は、ますますサクソンに奉仕して社会的な勢力を振るい、もう一つの生まれながらの純真な魂を圧倒するようになったのです。わたしはこの二つの魂の相克をコントロールできなかった。わたしの魂は相争う混沌の状態になったのです。

そしてその末に、わたしは自分自身に慰めと享楽を与えてくれるバッカスをますます求めるようになっていきました。会社を崇拝し、成功をバッカスと共に祝おうとしたのです。会社はますますわたしの願望に応えてくれ、腕を振るう機会を与えてくれました。こうしてわたしはもう一つのバッカスの世界に、喜んで身を投じ、はまり込んでいったのです。

これが、わたしのアルコール・アディクトに至った動機と経緯であります。

コールは一気に読み終えると「フーッ」とため息をついた。スーザンの数年前のシーンを思い浮かべた。それはコールが出張で使うサクソン社保有のジェット航空機がカタールに向け飛び立つ直前に、スーザンが携帯物を届けに現れた場面だった。彼女はそこから交渉に用いる機密文書を取り出し、手際よく説明してコールに感銘を与えたのだった。

(アルコール・アディクトが発覚した幹部は、これで……)。コールは就任以来若くしてアルコールに耽溺して退社を余儀なくされた幹部を指折り数えてみた。

少なくとも、ここ2年で10人に上る。いずれも有能で卓越したサクソンエリートだった。なかにはこのあと自ら命を絶った者もいる。しかし女でアルコール・アディクトとは彼女が初めてだ。サクソンの誇る才色兼備の女だったのに……)。コールが苦虫を嚙みつぶして首を振った。

薬物・アルコールテストは、サクソンが打ち出した対策のほんの序の口だった。対策はほどなく事故の完全防止から安全の徹底管理へと大がかりに進み、「最高のリスクマネジメント」が追求されるようになる。挙げ句、テロや誘拐から守るためコールの身辺警護は「大統領並み」と言われるほど厳重になった。

リスク管理関連の会議がやたらと増え、会議は直前に「サクソンの安全のために」の決まり文句が入ってから始まった。事故のほとんどはヒューマン・エラーという反省に立って、リスク対応プログラムは「心のあり方」にまで深堀りされていった。その当然の帰結として、プログラムの多くは宗教がかり、カルトっぽくなっていった。業界から「サクソンはカルト集団」の陰口が広がったのも、不思議でなかった。

コールから3代目のオルソンは、原油流出事故の負の遺産を引き継いで、環境リスクにはひときわ敏感だった。リスクを嗅ぎ取り、早めに手を打つ手腕が、就任早々からウォール街の耳目を集めた。SEC（米証券取引委員会）がまだ採用していない環境リスク対応の新しい経営指標を発表した時は、アナリストたちの評判を呼び、株価を大きく跳ね上げた。

しかし、オルソンの本当の関心は地球環境にではなく、サクソンの資産そのものの拡大、つまり石油・ガスの保有埋蔵量の拡大にあった。経済権力なくしては世界企業のトップとして生き残っていけない、とオルソンは肝に銘じていた。

8.「北極温暖化増幅」

冷戦の終わりは、サクソンら西側石油資本にとって新しい未来を開いたかに見えた。旧ソ連やアフリカ、南米などの有望鉱区の入札機会が開かれる期待が高まった。手の届かなかった巨大な埋蔵量が帳簿に付け加わるはずだった。

が、現実は、そうはならなかった。産油国に民族主義や資源ナショナリズムが高まったからだ。中東の石油は事実上、外国籍資本の手中から離れた。旧ソ連解体後のロシアは石油・ガス資源の確保に血道をあげ、これを経済外交の切り札にした。いまでは西側のライバルは同業の西側民間石油会社だけではなかった。ロシア、中国の国営石油会社、サウジ・アラムコ、クウェート・ペトロリアム、ブラジル・ペトロブラス、アンゴラ・ソナンゴールなどに拡大していた。

競争環境が大きく変わってきたのだ。役員会でこのことが議題に上った時、オルソンは静かにこう語った。

「残された石油のほとんどは、われわれに敵対的な国や地域にある。フロンティアを開拓するほかない。カギは北極圏だ」

実際、限られたフロンティアの認識で、オルソンはロシアのプーチン大統領と一致した。ロシアの強気な外交の裏には、最大の石油資源大国であり続けることへの自負があった。

この埋蔵資源を採掘し利益を分け合う一点で、オルソン、プーチン双方とも早くから互いに協力できると睨んでいた。利権増殖・共有の本能が、2人を出会う前から結び付けていた。2人が関係を深めるには、きっかけだけが必要だった。

そしてそれは、モスクワで開かれた米ロ財界人会議の際に不意に実現したのである。

その日――。オルソンはモスクワ市中心のクレムリンに近い五つ星の最高級ホテル「サボイ」に向かって黒のリムジンを走らせていた。薄闇にライトアップされたクレムリンの玉ねぎ状の塔の先端が現れた。その時、秘書が緊張した声で電話を取り次いだ。

プーチン大統領からだった。

オルソンは会談後に見せた、蒼白の表情に浮かんだ大統領の笑《え》みを決して忘れないだろう、といまでも思う。北極海・黒海の石油開発を巡るロシア国営石油会社ロスネフチとの合併事業は、こうしてオルソンが予期しなかった急展開の始まりから最速ペースで実現に漕ぎ着けたのだった。

この合弁事業は5千億ドル（約55兆円）にも上った。サクソンは2014年に埋蔵量が豊富と見込まれる北極のカラ海（西シベリア沖）で掘削を始める。そしてその年の秋には、新油田が見つかった。

しかし、順風満帆とはいかなかった。ロシアによるクリミア併合に対して発動したアメリカの経済制裁で、事業が凍結を余儀なくされたからだ。「好事、魔多しだな」。当時、オルソンはよくこの諺を引用したものだった。

だが、政治状況はまた劇的に変転する。２０１６年11月、大方の予測を覆しアメリカの大統領にドナルド・トランプが選出され、翌年1月に就任した。

資源開発に躍起になっていたオルソンにとって、新政権は千載一遇のチャンスと思われた。大統領選を制してトランプ勝利が確定した当日、オルソンは緊急の役員会を開いて、こう宣言した。

「これで何もかもが好転する。わたしは請け合うが、外された軌道は元に戻り、新しいエネルギー開発時代が幕明けする。気候変動問題は棚上げされ、遠ざけられ、マイナーな問題になる」

オルソンの嗅覚は、大統領予備選の最中から「トランプ当選」を予測していた。企業経営者の立場から見ると、自由な事業展開をやるには規制が妨害していた、とくに環境規制が。トランプの減税と規制緩和の主張が、選挙戦の流れをみるみる変えたと直感した。

トランプの就任スピーチをオルソンは招待席から間近で誇らしげに聞いた。スピーチは歴代大統領が必ず言及した「民主主義」や「アメリカの自由」の価値表明はなかったが、オルソンは意に介さなかった。

就任後、新大統領の政策が次々に明らかになった。

オルソンが期待した通り、トランプはエネルギー開発の推進に舵を切った。気候変動に関する情報は、環境行政の要である環境保護庁（ＥＰＡ）のホームページから全て削除された。国民の目に化石燃料開発の障害になる情報を一切触れさせない意図であることは明白だった。ほどなく、噂されていた通りにパリ協定からも離脱した。地球温暖化に関する情報は全て隠ぺいし、国際的な協力に背を向ける政策の始まりだった。

新政権発足後の初めての役員会で、オルソンはこう切り出した。

「新政権はエネルギー開発の原点に立ち返ってくれた。われわれはようやく安心して開発に大胆に取りかかれる。この大いなるチャンスをモノにしなければならない」

役員一同が納得顔でうなずいた。

オルソンは新政権に心からの感謝の意を表した。

「懸案だった石油パイプラインの建設にもゴーサインが出た。これは〝始まりの始まり〟にすぎない。シェールオイルの大増産はいずれ軌道に乗る。次に目を転じなければならないのが、北極だ」

懸案の石油パイプラインの一つは、北ダコタ州とイリノイ州を結び、全長１８８６キロに及ぶ。札幌と沖縄の那覇を結ぶ距離だ。９割以上が建設を完了していたが、北ダコタに居留する先住民のスー族が水源汚染を恐れて建設反対運動を展開、全米の先住民がこれを支持した。工事予定地を所管する米陸軍省は２０１６年12月に訴えを認め、ルート変更を指示していた。

もう一つの建設計画「キーストンＸＬ」は、原産地カナダ・アルバータ州から米テキサス州メキシコ湾岸まで全長２７００キロにわたって地中に埋めるパイプラインだ。米国内分は、カンザス州やオクラホマ州など一部で完成していた。

しかし、環境保護団体やパイプライン沿線の住民の反対を受け、オバマ大統領は２０１５年、建設法案に拒否権を発動して阻止した。

計画では、内陸部の奥深い地層から製油所やタンカーが集まる港湾まで、直径90センチのパイプが地下を貫徹して伸びる。トランプ政権はオバマ前政権の建設ストップを跳ねのけ、「積極的推進」に転換したのだ。

オルソンの気分は、にわかに多幸感《ユーフォリア》に満たされた。

「オバマ時代は終わった。新しい４年、いや８年が始まる。政情不安定な途上国から安値の油がジャブジャブ入ってシェアを上げ、われわれアメリカ産の良質な油は規制で生産できない。そんなバカげた時代とは、おさらばだ」。オルソンは役員を前に気炎を上げた。

サクソンには巨額の投資を回収し、利益をしっかり上げていくための長期戦略が欠かせない。この期間を40年と想定して、サクソンは戦略を立ててきた。その基本となる考えは、元手となる石油埋蔵量を増やし続けることだった。

オルソンは北極が40年戦略の柱になる、と早くから考えていた。地球上の未開発石油埋蔵量の４分の１が北極域に眠っているとの試算もある。

チャンスはトランプ政権の登場で一挙に熟した。ロシアと組んで、かつて順調に進めていたカラ海での石油開発事業を、ぜひとも政治の力で再開させなければならない。

オルソンは40年戦略の方法論として、二つの道筋を考えていた。一つは、一番安全な道で、環境保護活動家の妨害や政治の横槍が入らなければ最速で実現できると睨んだ。

アメリカと同盟国カナダが管轄する北極海域での探査・掘削である。北アラスカ沖、北カナダ沖には相当量の埋蔵が見込まれる。

ところが、オバマ前大統領が退任1カ月前に思いがけない挙に出る。オルソンは、この時の驚きを秘書にこう語っている。

「いやはや、ここに及んで無期限開発禁止の大統領令が出るとは。とんだクリスマス・プレゼントだ。これで開発ＯＫの新しい法律を議会に作ってもらわなければ、手が出せない。オバマは最後までわれわれの行く手を塞いだ。憎いやつだ」

オバマ前大統領は、トランプ新政権発足直前の２０１６年12月20日、米大陸棚法に基づき北極海域での石油と天然ガスの新規掘削を無期限に禁止する決定を下したのである。カナダも歩調を合わせ同じ日、カナダ管轄海域での５年間の開発凍結を発表した。オバマ氏は声明で決定の意義を「地球上の他の地域とは異なる、繊細でユニークな北極圏の生態系を保護する」と強調した。

これでオルソンら西側石油資本の出鼻は挫かれた。大統領退任直前にオバマ氏は、最後の聖域とされる北極の前に大手を広げ「進入禁止」と立ちはだかったのである。その目的を「化石燃料から脱却するエネルギーシステムへの移行を図る次の数十年の一貫した足どりだ。放っておけば炭素排出減を目指す国際社会の予定表である今世紀半ば頃に、北極圏での大規模な石油掘削が行われるだろうからだ」と明快に述べた。

オバマ前大統領の決断は、環境保護活動家を勇気付けた。この面でも、衝撃効果はてきめんだった。米環境保護有権者連盟のジーン・カーピンスキ会長は「信じがたい季節の贈り物」と賞賛し、「汚れなき北極の海に原油が漏出すれば、そこに住む生物と人間の生活を荒廃させてしまう」と喜んだ。

この政権交代間際の北極環境規制は、オルソンら石油業界経営者の将来シナリオに書き替えを迫った。北極で開発するなら、アメリカとカナダ以外の国と提携しなければならない、と。そうなると、候補としてロシア、ノルウェー、デンマークの三国が浮かび上がる。どこと組むか、オルソンはある日、この問題を巡って執務室の机の脇に置かれた地球儀を上から覗いて見た。

ウクライナ危機で西側の経済制裁を受け、対立が続くロシアについては、トランプ大統領が歩み寄るまで見守る。トランプはおそらく、選挙前に公言した通りロシアに接近し、結局は手を握るだろう――オルソンはそう読んだ。

「ロシアでの開発再開は、少しかかるが時間の問題だ」。オルソンはそうつぶやいた。

「ロシアとは米ロ和解の時が満ちるまで待つ。なにしろトランプは本心ではロシアと仲直りしたくてウズウズしているからな。トランプが心から尊敬している外国人は、――本人はウィンストン・チャーチルと言っているようだが――本当は1人しかいない。ウラジミル・プーチンだ。文句なしの独裁者だからな。トランプはプーチンに憧れ、近付きたがっている」

エネルギー開発を巡る地政学には滅法明るいオルソンも、地球温暖化の最新事情となると疎《うと》かった。虎視眈々と狙う北極域の温暖化の異常な速さは、オルソンの想像を超えていた。

1979年以降、減少傾向に入った北極海の海氷面積は2000年代に入ると海氷が最も縮小する9月頃には1年当たりの減少率が北海道の面積にほぼ匹敵するほどとなった。現在の北極の気温上昇率は地球平均の3倍近い2度に達している。

専門家はこの温暖化の加速現象を「北極温暖化増幅」と呼ぶ。北極で気温が上昇すると、太陽光をよく反射する雪や氷が融け、黒っぽい海面が広がる。すると太陽光の吸収がさらに増えて、気温を一層上昇させる。このメカニズムを言う。北極海やグリーンランドの雪や氷が融けだすと、温暖化が加速的に進んでいくカラクリである。

オルソンは「北極温暖化増幅」については専門用語として聞き知っていたが、真剣に耳を貸そうとはしなかったのだ。

9．極端気象

「過去に例のない気候の極端現象が、7月からゲリラ豪雨などの形で日本列島を襲っています」

白井清が政府の異常気象災害対策本部で並みいる関係閣僚に説明した。この年、2017年夏は世界を異常気象が次々に襲っていた。米紙ワシントン・ポストは「大規模な政治的災厄と共に、大規模な気象異変が地球上を襲っている」と書いた。日本でも春先から記録的な異常高温に続いて集中豪雨、18日間も迷走した大型台風、21日連続の長雨と相次ぎ、各地に大規模な災害をもたらしていた。政府もようやくこの日、一連の異常気象への防災対策本部を設けたのだった。

白井は相次ぐ気象異変に関し気象庁から説明を任された。

「気象災害は21世紀に入ってから一層頻発するようになりました。これらはいずれも地球温暖化の影響を受けていると考えられます」

白井は2005年8月に米国ニューオリンズを襲い1300人以上の死者を出したハリケーン「カトリーナ」から話を始めた。2000年代以降、世界各地で続いた気象災害をざっと紹介した後、この年の日本の事例を取り上げた。

「福岡、大分両県で34人が犠牲になった7月5～6日の局地的豪雨。福岡県朝倉市、大分県日田市などで最大24時間降水量が統計開始以来の最大値を更新する記録的な大雨となりました。7月5日の朝倉市の最大1時間降水量は129・5ミリ、6月30日から7月10日までの総降水量は660ミリと壮絶でした。

この大雨の原因は、対馬海峡付近に停滞した梅雨前線に向かって7月4日に長崎市に上陸して東に進んだ台風3号の影響で暖かく湿った空気が流れ込んだためです」

閣僚たちの脳裏に、激しい豪雨の映像が甦った。

「7月21日に発生した台風5号は、発生場所、進路、存続期間において昨年夏に迷走したあと東北を襲った台風10号と同様に、普通のタイプではありません。今回の5号は、台風が通常発生する北緯10度~15度の赤道付近ではなく、日本の足元の南鳥島近海で発生。それから東の太平洋上を迷走し、29日に小笠原諸島付近を通過したあと南下し、31日には非常に強い台風へと勢力を強め、その後、ゆっくりと北上して九州に接近した後、8月7日に室戸岬付近を通過して和歌山県に上陸しました。8日に日本海へ抜け、温帯性低気圧に変わるまで台風として18日18時間存続しました。観測史上3番目に長寿の台風、日本列島に上陸した台風としては最長寿です」

閣僚の間から「ホウ」とため息が漏れた。

白井が続けた。

「長寿の要因の一つは、海面水温が30度を超え、海水の盛んな蒸発を得て台風のエネルギーが保たれ、発達したからです。台風が発生する海面は28度以上とされますが、それより一段と高温だったわけです」

白井はここでひと息入れ、もう一つの異変に言及した。

「さらに8月に入り関東や東北など東日本の太平洋側を中心に続いたのが、長雨と日照不足です。東京都心では1日から21日まで21日連続で雨が降りました。この長雨の持続日数は、最長だった1977年8月に記録した22日間に続く観測史上2番目の長さです。長雨の主因は、8月になって太平洋高気圧の本州への張り出しが弱まったせいで、これに伴い北海道北のオホーツク海高気圧から冷たい風が東日本に流れ込み、これがフィリピン沖からの暖かい湿った空気とぶつかり、雨雲ができやすくなったためです」

そう言うと、この「真夏の3異変」を総括した。

「3異変に共通する特色は、大雨です。8月の長雨の間、わずかな雨の日もありましたが、全体としての雨量は雨続きの21日間で東京都心で平年比122％に上りました。日照時間は計83・7時間と、8月としては観測史上最短。1時間当たり50ミリ以上の雨が降る頻度が、1970～80年代に比べ3割程度増加しています」

ここで白井は、出席者のほとんどが考え込んだのか、沈んだ様子を見た。

「つまり、天候と海に極端な現象が起こったのです。しかし、注目すべきはこの極端現象こそが、地球温暖化につきものの特性であることです」

（極端現象？　なるほど、気候は最近、たしかに極端になっている……）。傾聴していた経済産業相の世合幹彦がうなずいた。

「温暖化は地球全体で進んでいます。しかし進み具合は一様ではありません。二酸化炭素の排出量が多い北半球で温暖化は一層進み、その先端を行くのが北極域です。中緯度にある日本は比較的気温上昇のテンポが速い」

白井は、そう言ってパワーポイントで数字を示した。

「世界の平均地上気温は、1880年から2010年の間に0・85度上昇したのに対し、日本の平均気温は1898年以降100年当たり1・15昇しました。

つまり、日本で夏の猛暑日がやり切れないほど増えたように、日本の気温と海水温の温暖化は、世界平均よりも遥かに進んでいるのです」

これを聞いて、世合が「へぇー」とつぶやいた。

「海面水温の上昇率を見ても、日本近海は世界平均より2倍も高い。2015年までのおよそ100年間の日本近海の海面水温は、世界平均0・52度の約2倍の平均1・07度上昇しています」

世合の隣に座っている文部科学相の井山光一が、背筋を伸ばしてメモを取った。

「そして日本周辺の海域の中でも、なぜか突出して上昇率の高いのが、日本海の山形県沖です」

こう言うと、井山と隣り合わせの国土交通相の神野悟がキッと睨むように白井を見た。神野は山形県鶴岡市の出身だ。

白井の声が続いた。

「われわれは、これを〝ハタハタ異変〟と呼んでいます。ここ数年、ハタハタが来るべき季節《とき》に秋田沖から南下して来なくなったためです。お陰で、山形県庄内地方の漁師は庄内名物なのに困った、困ったと嘆いていました」

神野は郷里に帰るたびに舌つづみを打った田楽を思い浮かべた。ハタハタを味噌漬けにしたご馳走だ。冬の熱燗《あつかん》と田楽の旨さは、こたえられない。

「なぜ、山形沖の日本海中部の海温が高いのか。原因はよく分かりませんが、山形沖の100年当たりの海面水温上昇率は1・69度にも上ります。世界平均の3倍以上、上昇したわけです」

ここで白井は真剣な表情で聞き入る神野を見て、話を次に進めた。

「ところで、地球上の広く深い海洋のどの部分が一番温暖化しているか。驚くことに最も大きな温暖化は南極海で観測されています。水深5千メートル以下の深海です。南極近くの海の最深層部にまで地球温暖化の触手が伸びてきたわけです」

そう言うと、「へー」というつぶやきが聞き手から漏れた。

白井が目をギョロリと神野に向けた。

「肝心の大気中のＣＯ^{2}濃度は、上昇が止まらずに、増え続けています。２０１５年に世界の大気中の年平均ＣＯ^{2}濃度は観測史上初めて４００ＰＰＭに達しました。産業革命前の２７８ＰＰＭより44％も増えたことになります。ＣＯ^{2}と無縁だった南極大陸でも、２０１６年に４００ＰＰＭが初めて観測されています。

温暖化で海洋の酸性化の影響も深刻化しています」

白井はメモを取る官僚の姿を見て続けた。

「地球環境研究センターの実験報告によると、海水を酸性化状態にしたところ、サンゴやウニ、アワビといくつかの種類で、すでに成長に悪影響が出始めたことが判明しました。記録によれば、１８５０年頃は北極と南極以外のほぼ全ての海域で、海はサンゴや貝の骨作りに必要な炭酸カルシウムが作りやすい状態でした。酸性化がこのまま進めば、サンゴばかりか貝やカニ、エビの生存も危なくなる。危機感を持つべき状況だ、と警告しています」

神野は聞いていて、子どもの時に近くの湯野浜でよく取ったイソガニを連想した。素早く逃げるイソガニを手に取る感触が甦った。ゴワゴワと四角ばった、あの感触が。

（こいつが、海辺からなくなってしまう？　そんなバカな！）。神野が首をひねった。神野をチラリと見て白井が続けた。

「大気の変化は感じやすい。夏のますます増える猛暑日には、誰しもが閉口します。そしてエアコンで寝苦しい夜をしのぐなど、すぐさま対応します。

が、気候変動の影響がじわりと表れる海洋の変化に、われわれはもっと敏感になる必要があります。生命の大いなる母である海の変化に――」

白井の声が響いた。

10．ティピング・ポイント

総務局長室のピリピリと凍り付いたような空気は、そこに入ってきた誰もが感じるに相違なかった。その中央奥の机上に新聞を広げて鬼気迫る表情で陣取る局長の真鍋《まなべ》輝太郎は、部屋の緊張感を極限にまで高めていた。

普段からの赤ら顔が、怒りで一層赤黒く脹れ、目は血走って落ち着かない。白井が入室した時、真鍋は鬼の形相で迎えた。

（一体、なぜ？）。白井は一瞬訝ったが、すぐに「叱られる理由はない」と平静を取り戻した。上司の地球環境・海洋部長の森丘信吾から真鍋に呼ばれた理由を10分前に聞いていたからだ。穏和な森丘は白井に遠回しに説明したのだった。「局長はメディア対応の件で規律違反を疑っているようだ。本人から詳しく事情を聞きたいと言っている」

白井にはピンッと来た。今朝の主要紙、朝夕新聞の一面トップを飾る「世界の異常気象、新局面に」と掲げた記事の中で、白井がコメントしているからだ。（このことを指しているに違いない）

白井には既視感があった。以前にも前任の総務局長から事情聴取を受けたことがある。その時の記憶が甦った。だが、あれは口頭の注意処分で済んだ。今度は？

2年前――。先輩の予報官がテレビ放映の夜の特別番組で、頻発する異常気象について解説することとなった。その準備に白井をヘッドとする調査員が起用されたのだった。

　白井が責任者としてその解説用原稿を起草した。事前の打ち合わせで、白井は解説役の恩田に念を押した。

「異常気象の一つ一つを取り上げると、細かい個別現象しか見えてこない。気圧配置とか偏西風の蛇行とか。問題はなぜ、これほど異常気象が世界中に頻発するようになったか、だ。視聴者が知りたがっているのもそこのところだ。

　一連の異常気象を促しているのが、地球温暖化であることは、われわれの間では常識になっている。が、一般にはこれが伝わっていない。この真実を国民にしっかり伝えて、防災に生かす必要がある。そこで、真因として地球温暖化をハッキリ打ち出すべきだ。特別番組でこれを強調する」

　恩田は黙って聞いていたが、最後にうなずいて言った。

「よく分かりました。強調すべきポイントは、たとえば短時間大雨の頻度や従来にない台風の発生場所とか進路、強度ですね。一連の異変に地球温暖化が働いていると」

「その通り。人体にたとえると分かりやすい。あることが原因で体調不良がひどくなり、あちこちが痛みだしたり、悪くなってきた」

「原稿のお陰で頭の整理がよくできました」。恩田が礼を言った。

　翌日の朝、出勤した白井は番組が視聴者から大変な好評を得たことを知った。ある視聴者からは「わけの分からなかった異常気象の根本原因がようやく分かりました。地球温暖化が元凶とは。感謝です」という声が届いた。

だが、その日の夕に白井は局長に呼び出される。

「恩田君に偏った解説情報を与えた」というのだ。気象庁として公共放送向けに総括的な意見を表明する際は、「念には念を入れて慎重に、客観的に、行き過ぎないように」と局長はクギを刺した。「ただし、今回は口頭注意に留める。以後、気を付けるように」と言ったのだった。

のちに判明したところ、恩田は局長から問われて「うっかりしていました。白井君に乗せられ、つい説得されてしまいました」と弁明したようだ。自分のやったことを白井のせいにしたらしい。

部長の森丘は、問題とされた白井のコメント記事の部分を真鍋から電話で聞かされていた。記事は次のように書かれてあった。

……この世界規模の気象大異変について気象庁地球温暖化調査室の白井清主任分析官は、米国のトランプ政権による石炭、シェールオイル開発の規制排除が今後、温暖化に影響をもたらす可能性を指摘する。白井氏によれば、最近の米国の気候学者の研究調査報告は、いずれも今年に入って異様な環境変化が陸域ばかりでなく海洋においても多発していることに注目している。たとえば日本人研究グループと共同作業する米カリフォルニア大のレイモンド・ジョンソン教授は「気象異変の頻度と性質の意外性を見ると、地球温暖化は新局面に入った」との見解を学会で発表しているという。この点で日米の気象専門家の間の危機認識は一致して高まっており、白井氏は「地球温暖化はすでにティピング・ポイント（転換点）に達したのではないか」と語った。


「新聞を読んだ」。真鍋が白井を見てぶっきらぼうに言った。

「この前は週刊ピープル、その前は月刊自然環境と技術、その前は学会誌のなんとか、民放の気象番組にも出た。全て目を通した。君が書いたり喋るのは勝手だが、中身が問題だ。気象庁の見解のように喋る。職務規律に反する」

真鍋が赤い目をむき出して通告した。

「具体的にどこが問題でしょうか」。白井が直立不動の姿勢で赤目に問うた。

「分からないのかね。君は気象庁の人間だ。だが、任されて気象庁の代弁をしているわけじゃない。君は気象庁がまだ結論を出していない保留案件や検討事項を、まるで気象庁の公式見解のように喋っている。喋っているのは、自分の個人的意見だ。

いいかね、君は気象庁の職員なんだよ。それをどうだ？　気象庁が公式には認めていない見方を平気で話している。読んだり聞いたりする方は、気象庁見解と勘違いしてしまう。その弊害はすでに出ているんだよ。今朝の新聞にしても、本当かどうか数十件の問い合わせがあった」

赤目がまた目をカッと見開いた。

「記事の中で気象庁として内々、使わないことに決めている〝ティピング・ポイント〟という言葉を君は新聞に話した。読者から、どんな意味か、何が地球に起こっているのか、今後どうなるか、等の問い合わせが続々来たよ。なかには、〝買ったばかりの湾岸の高層マンションに住んでいるが、浸水は大丈夫か、売ったほうがいいか〟というのまであった。

この言葉を気象庁の判断のように使うものだから、誤解と不安が巷《ちまた》に広がる。あたかも地球の破局かと慌てる御仁も出てくる。気象庁発の人騒がせな発言を君は軽率に続けているわけだ。これが職務規律に反していることが理解できるかな？　理解できたら、同じことを繰り返さないことだ。

次回、繰り返すようなら――賢明な君ならそんなバカな真似は決してしないと思うが――厳しい処分は避けられない。脅かすようだが、君のために言っておくと、過去に一度、気象庁の見解だと称してデタラメな発言を繰り返した幹部がついにはクビになったケースがある。君がそうならないように祈る」

赤目が、蒼白な顔をして直立する白井を見上げた。

「お言葉ですが……」。白井が食い下がった。

「具体的には、ティピング・ポイントに関する説明のどこがいけなかったのですか?」

「繰り返すが、ティピング・ポイントという言葉。これは公式用語としては認められていない。これを使うこと自体がよくない。気象庁はティピング・ポイントなる言葉を、どこにも使っていない。運動用語だからね」

「運動用語?」

「そう、一部の運動家が好んで使う用語だ。アメリカで温暖化肯定派の学者が使いだし、左派の運動家が喜んでこれを広めた経緯がある。政治的に過敏な用語なのだ。気象庁がティピング・ポイントに達した、などと仮にでも認めるようなことを言えば、国際的にも大騒ぎになる。世界中の石油とか石炭業界が猛烈に反発するに決まっている。とくにアメリカ政府はすぐに反応し、真意を問い合わせてくるだろう。こういう政治勢力の介入は避けたいのだよ。

　ところが君は慎重を要するこの運動用語を平気でマスメディアに使った。気象庁への誤解、不信の種を播いた」

「待って下さい。ティピング・ポイントという言葉を初めて用いたのは、初期に地球温暖化を主張した一部の科学者ですが、いまでは学会でもふつうに使われています。この言葉はなにも特殊な用語ではありません。地球温暖化の転換点を示す環境用語として、すでに普及しています。

　もう一つ言いますと、わたしは朝夕紙の取材に対し〝個人的な意見として〟コメントする旨伝えていましたが、記事ではこれが省かれてしまい、誤解を受ける余地を生んでしまいました」

白井が無念そうに唇を噛んだ。

「まあ、君は若いから譴責処分の一つや二つ、受けても勲章ぐらいに思っていいだろう。正直に言おう。上が君のメディア露出を問題にして、この件で賞罰委員会に掛けることになった」

「賞罰委員会？　理由がさっぱり分かりません。理解に苦しみます」

「釈然としないかもしれないが、この線で決まっている。君は一番軽い譴責処分で済むのは間違いないいが」

赤目が〝判決〟がすでに決まっているかのように言った。

「譴責処分？　拒否します。理由がありません」

白井が言い返した。

真鍋が、哀れな小動物を見るような目で眺めた。

白井は混乱する頭の中で（一体、何が起こったのか）と思いを巡らせた。（〝この線で決まっている〟と言ったが、お上《かみ》の意向で譴責処分ですでに決まり、ということか？　お上とはもしかしたら気象庁を管轄《かつ》する国土交通省かもしれない）

真鍋の声が低く響いた。

「まあ、責任者のぼくとしても穏便な処置となるよう精一杯努力する。君に悪気がないことは分かっている。ぼくも若い頃、若気の過《あやま》ちで譴責を食らったことがある。そうなっても気落ちしないことだ」

真鍋がぶっきらぼうに言った。

白井は局長室を退去したあとも、2人のやり取りを反すうして考えた。「これって、なんなんだ?」。エレベーターを使わずに階段を降りながら考え続けた。

突然、確信が脳裏に閃いて「これだ!」と声を上げた。

(裏で国交省が糸を引いている。そう考えると辻褄が合う。国交省の背後に地球温暖化懐疑派の勢力が間違いなく蠢《うごめ》いている。温暖化対策を先送りしたい勢力が。

既存のエネルギー業界、石油・石炭・電力と、利権を共有する強大な関係業界だ。彼らは地球温暖化のティピング・ポイントを恐れている。〝温暖化問題を可能な限り静かにさせておきたい〟と、ある財界人が語っていたっけ)

白井はお上が「ティピング・ポイント」に過剰反応した理由が、いまはっきり分かった。

愛用の手帖を内ポケットから取り出し、「戦慄《りつ》のティピング・ポイント」と記し、この言葉を眺めた。

「温暖化論争はどうやら新しい段階に入ったようだな」。白井は、そうつぶやくと手帖を閉じ、内ポケットにしまった。

その日の夜、8時過ぎに妻の理枝が疲れ切った表情で帰宅した。このところ残業続きで、8時台の帰宅がほとんどだ。先週の金曜は「プレ金」なのに10時過ぎのご帰館だった。

理枝はスマートフォンなどの部品を製造する都内大田区の中小企業に勤める。社員30人ほどの会社だが、技術に定評があり堅実な経営で知られる。縁あってここに2年前に輸出事務要員として採用され、翻訳や通訳として活躍してきた。

縁あって、というのは、理枝がそれ以前に勤めた大手上場企業で体調を崩して退職したあと、社長をよく知る叔父の紹介でいまの会社に再就職したからである。理枝は英語力を買われ、前職と同じ輸出部局に所属したが、幸運なことに、いまの会社のほうが前の大企業よりもずっと働きやすく、自分の力を発揮できると感じた。「お給料を別にすれば、いまの会社のほうが断然いい。わたしを信頼して仕事を任せてくれるから」と言って、結婚間もない共稼ぎの清を喜ばせた。

ただ、時には続く長時間勤務が、口には出さなかったが胸に抱く会社に対する不満だった。大企業の請負受注業の手前、受注の急増や、納入期限の短縮とかクレーム処理で、残業しなければならないケースが、どうしても出てくる。下請け企業の「宿命」とも言えるものだ。

むろん、その辺の事情を理枝は理解していた。仕事の性質上、これをやむを得ない、やるしかない、と思っていた。だが二つの点で、このことが彼女に重くのしかかった。

一つは、自分たちは結婚してまだ1年余りしか経っていない〝準新婚〟の状態なのに、夫と共にいる時間があまりに少なすぎる。もう少し余裕のある家庭生活が欲しい――これが結婚以来、抱き続けた念願だった。

もう一つは、体力に自信のない理枝にとって残業の連続は身体にこたえた。残業、残業で疲れ切って家に帰るのは、ほとほとつらかった。このままだと身が持たない、と時折り感じた。救いは休日出勤がないことだった。土・日曜日になると、若い心身は息を吹き返した。清と2人の幸せな時がゆったりと過ぎる――。

ところが、運命の変転は突然にやって来る。

帰宅して遅い食事をとっている理枝に、清が静かに語りかけた。

「おれ、考えた末、退職しようと思う」

理枝は一瞬、頭をハンマーでガーンと叩かれたように感じた。

「エッ！　どういうこと？」

「気象庁を辞めて新しい仕事を始めるよ。もう心は決まった」

「あれほど喜んで仕事をしてたのに、なぜ？　何かあったの？」

「おおありだ。でなければ辞めるわけないよ」

「どういう理由？　何が原因で？」。理枝がまなじりを決して迫った。

「仕事は気に入っている。だが、もっと仕事をやるために、退職する必要がある。いまの体制では思い切った仕事ができないからね。単なる予報官で終わってしまうのがオチだ。それは本意じゃない」

聞くうちに理枝の目が空ろになり、鈍い光を放った。

清が不安の色を読み取った。

「生活のほうは、なんとかなる。というか、なんとしても不自由にはさせないよ。新生活の成算はある。内容はあとで詳しく言うが、ともかく安心して。

いまの仕事はこれ以上やっていけない。それは、もうはっきりした……」

そう言うと、今度は清の目が空ろになり、ぼんやりと遠くを眺めるような按配になった。

「仕事上の悩みで？　もう少し理由を聞かせて」

「きょう、上司から譴責処分を内示された。メディア対応が問題だって」

清が真鍋から通告された懲罰内容を話した。

理枝は最後まで黙って聞いていた。

清がポツンと言った。

「……というわけで、決心したよ。もうおれの職場ではなくなった、辞め時だと」

理枝の眉がピクッと上がった。彼女の視線が、真っ直ぐに清を見据えた。

「それって、ひどすぎる。きっと黒幕がいるのよ、ティピング・ポイントとかを嫌う黒幕が」

彼女の毅然とした声が響いた。

「そう、黒幕がいる。でなければ、こんな大事《おおごと》にはならない。黒幕はティピング・ポイントという言葉の拡散を恐れている。何か得体の知れない環境異変が、次々と起こりそうな不安を掻き立てそうだと」

「で、黒幕になっているのはどういう人たちなの？」。理枝が答えが待ち切れないように訊いた。

「フフフ、ミステリー小説と違うのは、黒幕が1人とか数人でないことだ。彼らは国境を越えて世界中に広く潜伏している。そして、それぞれの国民の生活にも深く根を下ろし、影響を振るっているよ。

彼らはふつうは尊敬もされているお偉いさんだ。政府の閣僚も高官も、エネルギー業界や関係業界の経営トップもいる。その回りに弁護士やコンサルタントもいる。彼らは――まれには高潔なアウトサイダーもいるが、――共通の利益の前に大同団結する。

共通の利益とは、彼らの利権と名声を損なう環境規制を先送りさせることだ。地球温暖化をまやかしと主張して、デタラメな証拠を集めたり、未解明の部分を強調して科学的議論をわざと混乱させたりして、温暖化対策を遅らせる。

これが黒幕たちの目的と行動だ。だから黒幕たちはアメリカや日本やヨーロッパだけじゃない。地球の至るところに存在し、蠢いているのだよ」

清が地球上の一大政治勢力と化している黒幕の正体を語った。

理枝が沈黙を破った。

「分かった。怒り、理解できる。あたしだってさっさと辞めたくなる。あたしたちの生活、どうやっていくかは考えていきましょう」

あっけらかんとした言い草に、清はホッとしながら——

「助かる。理解を得られるとは思ったが、考えがすんなり伝わった。決断して本当によかった」

と言ってニッと笑った。それから急に真顔に戻った。

「おれも40代に入った。第2の人生が始まる。もう雇われの身ではない。自分が自分を養う番だ。いよいよ本番というやつだ」

「その本番のシナリオを聞かせて頂戴」。理枝がすかさず要求を入れた。

「シナリオは、おれの予報士のキャリアを生かした道だ。地球温暖化の報道やコメントにも関わったから、名前も少々知られた。国際気象学会にも出席して、国際的なネットワークもできてきた。ファーストネームで呼び合う友人も、何人もいる。その中には、いまではアメリカの環境保護庁で働いている当局者もいるよ。彼は同僚と共に、トランプ環境行政の抵抗派として頑張っている。周囲をよく見ると、地球温暖化は人々を二つの種類に分断してしまった。危機を覚って温暖化に歯止めをかけたいストッパー派と問題を先送りしたいネグレクト派だ。この戦いが、ゆくゆくは地球の存亡を決するよ。

環境ジャーナリストとしておれはこれに参戦する。専門知識と独自の視点とネットワークを持ってね。生活のほう、当座は厳しいがいずれメドをつける」

うなずきながら聞いていた理枝が、背筋を伸ばし清を見据えて言った。

「分かった。そんな戦い、気象庁ではムリ。独立して、築いてきた全てを生かして、あなたでなければできないことがやれる」

「ありがたい。凄い祝福の言葉だ。こんな理解と思いやりの心で受け入れられるとは。感激だ、これでやれる」

清が踏ん切りがついたように目を輝かした。

理枝がいたずらっ子の表情になった。

「あなたの退職の話、危ないとは思ったけど、すぐに全面支持を決めた。分かる？　あたしたちのルールを守ったから。結婚に当たって作ったルール、憶えているでしょう？　その一つに『お互いの自由意思を最大限に尊重する』。このフレーズが、頭に浮かんだの。ルールの中で一番気に入ってる。これ、あたしたちの生活の指針と思ってる」

理枝が即時決断の秘密を語った。清は記憶の糸をたぐった。2年ほど前に2人で作ったそれを思い起こした。

（わが家のルールの第1は……）。懐かしい、あの一節が甦った。

一・互いに自由意思を最大限に尊重し、これを2人の新生活の大原則とする。

「そう、ルールは全部で四つ作ったが、この項はある意味、一番モダンなフレーズだ」

清が高揚した。

「あとの三つを憶えてる？」。理枝が首をかしげて訊いた。

「もちろん。生きる時間、自己向上、そして人間力。その尊重と努力を謳ったね」

清が返した。

「あれはわが家の宝」

理枝がクスリと笑って、右手でVサインを作った。

11. グリーンランド争奪戦

オルソンに欠けていたのは想像力だった。地球環境が劇的に変わった場合、生きものや自分たちにどういう事態が起こるか、想像してみる能力だった。たとえば、北極の温暖化状況の場面。氷原でホッキョクグマの母グマに連れられた子グマが腹をすかしてついていけず、とうとう倒れてしまう。そういう光景をヴィヴィッドに想像してみる能力が欠けていたのだ。

この想像力の欠如から、オルソンの環境認識は薄っぺらで観念的なものになった。環境問題はすでに世界のエネルギー事情を左右する大きな要因になっていた。

しかしオルソンの目には、地球温暖化対応は企業目標の業容拡大を阻む重大な障壁としか映らない。すでに頭は在任中の——少なくとも8年間はCEOを務めるつもりだった——経営目標に据えた「リーマン・ショック前を超える過去最高業績の更新」で一杯だった。地球温暖化問題は可能な限り先送りしなければならない、と心に決めていた。

だが、温暖化のペースは時と共に速まり、目に見える大変化が関心の深いグリーンランドで起こっていた。

オルソンは手元の資料を手に、作戦を構想した。まず、この島の大きさを日本と比べてみた。グリーンランドは日本の面積のざっと6倍ある。むろん世界最大の島である。

1933年にデンマーク領となり、現在は自治政府が置かれる。人口は約5万7千人。その

9割はイヌイットなどの先住民で、残り1割は主にデンマークからの移住者だ。島の8割強は氷床に覆われ、住民は西海岸に集中している、とある。

オルソンは書類の一つをめくった。表紙に「北極戦略２０１１―２０２０」の見出しがある。デンマーク政府とグリーンランド自治政府が、２００８年に採択した協定だ。

双方は気候変動により北極に巨大な経済的機会が開かれつつある、との認識で一致した。今後数十年にわたって北極圏における「多面的なブーム」が期待できるとし、共に挑戦していくことで合意している。

（なるほど、北極の限りない実りを双方で分捕る協定はしっかり交わされたのだ。グリーンランドの分け前はどうかな？）。オルソンは次の行に目を走らせた。

「グリーンランドは鉱物資源収入を最初の取り分の１５００万ドルを除いてデンマークと折半する」

（そういうことか。石油・ガス資源に加え、鉱物資源の莫大な収入も当てにできるわけだ）

オルソンは深くうなずいた。

（こいつを踏まえて取り組む必要があるな。早ければ早いほどいい。キーワードは……）

オルソンは次の書類をめくり、「政治の最新状況」に目を留《と》めた。そこにはデンマークからの独立運動の動きが記されてある。

自治政府や地元住民による「デンマークから独立を勝ち取ろう」という運動である。

オルソンは米ジャーナリストのマッケンジー・フランクが著わしたルポルタージュ『Windfall』を読んでいた。同書に、デンマークから独立し、建国を目指す、ある小さな町の熱い政治集会の情景が描かれている。

「こいつを利用しない手はない」

オルソンは自分自身に言い聞かせた。

「デンマーク政府よりもイヌイットのほうが扱いやすいからな」

オルソンが少し前から温めていた構想だった。この構想が浮かんだ当初、オルソンは腹心の部下にこう語った。

「無知なるものは幸いなり。賢者に道を照らされて正しく歩む。いいかな、われわれは導く側だ。宣教師としてイヌイットを正しく導いていこう」

（そのチャンスがいま、目の前に転がり込もうとしている）とオルソンは実感した。トランプ政権は環境規制を外し、石油・ガスの大規模な開発への道を開いた。

飛び切りの果実は北極圏に眠る、とオルソンは確信していた。そしてサクソンこそが、この眠れる巨人を揺すって起こす歴史的な役割を担うにふさわしい、と。

オルソンはグリーンランド開発プロジェクトを「AG」のコードネームで呼んだ。「北極《アークティク》のグリーンランド」の意味だ。

AGは政治工作を含めると、大掛かりな作戦《オペレーション》になると覚悟していた。その上、政治工作の狙いから、作戦内容が外に漏れるようなことがあってはならず、極秘扱いとする必要があった。

その狙いとは、イヌイットら先住民のデンマークからの独立運動を支援し成功させることだ。だが万一、この政治工作が明るみに出るようなことになれば、国際政治問題化してサクソンは仕掛け人として攻撃され、窮地に立たされるのは目に見えている。

オルソンは作戦の機密保持を念頭に置いて、一計を案じた。作戦の核心は、独立運動を不断に燃え立たせるための潤沢な資金を供給し続けることだった。資金は手元にある。ただし、供給元がサクソンと知られないようにすることが絶対条件だ。

（そのためには奥の手を使うに限る）とオルソンははじめから思い定めていた。（石油パイプラインと同じように、資金パイプラインも地中に埋没させて敷く……）

オルソンは過去の成功例を思い出してほくそ笑んだ。（……これしかない。成功体験というやつだ）

オルソンは作戦チームを立ち上げた際、チームを前にサクソン独自のノウハウをこう伝えた。

「さて諸君、作戦の中核は運動家への隠密の資金供給だ。ふつうにおおっぴらにカネを渡すわけにはいかない。過去に成功例がいくつかある。地上からは見えない資金のパイプラインを地下に敷いて届ける。行き先は、中東やインドネシアの例では、反体制の過激派だったこともある。目的は一つ。相手先がサクソンの眼鏡にかなうかどうかだ。どんな理念とか考えを持つかは関係ない。

この資金パイプは、複雑に曲がりくねりながら相手方に到達するのが好ましい。マネーロンダリングと同じだ」

「マネーロンダリング」と聞いて、チームの何人かが目を剥《む》いた。

「そう、マネーロンダリングの手法だ。ポイントは三つある。第1にカネの元の出所が分からない。第2に、相手に渡すカネの最後の出資者は怪しまれないように、ふさわしい社会的身分の者か団体にする。第3に、この受け渡しのプロセスに、もう一つか二つ団体を介在させ、資金を迂回させる。めくらましだ。こうやってサクソン発のカネにヴェールを二重、三重に被せるのだ」

オルソンが長年培《つちか》ったノウハウを伝授した。

部員らが一斉にメモを取った。

「今回はすでに地元に設立してあるNPO団体に資金を入れる。この団体が運動資金の供給ポンプになる。

資金は自治政府の独立要求派や運動家、地元住民対策向けだ。以上が作戦のアウトラインだ」

オルソンが一同を見渡すと、よく通る声で続けた。

「今日以降、君たち10人をキー・エージェントと呼ぶ。君たちはエリートとして作戦AGを指揮し、自らも渦中に飛び込んで現場を率いなければならない。

諸君の手足となるアシスタントは追加補充し、間もなく着任の予定だ。作戦が拡大すれば、必要な要員は随時確保する。

君たちは名誉ある第一次先遣隊だ。このあと、本作戦は正式にスタートする。君たちはそれに伴い、形の上で社員の資格を失い、十分な収入を保証された外部契約のエージェントとなる」

オルソンが十分な収入の保証を言い渡すと、張りつめていた空気が緩んだ。

「最後に、ＡＧ遂行に当たり資金供給のきわどい実例を示しておこう。インドネシアでのことだ。われわれの拠点で操業を続けるため、政府軍と反政府ゲリラ双方に資金供給をして油田を守り抜いた話を。

10年ほど前、インドネシアは反政府ゲリラのテロ活動が盛んだった。ある日、われわれのオフィスにゲリラから脅迫状が届いた。〝２００万ドルの運動資金を用意しろ。さもないと、幹部の命や油田に危険が及ぶ〟と。スマトラ島北西のアチェのアルンガス田が脅威にさらされたのだ。

サクソンは脅しに屈することはしない。表向きはこの姿勢を貫いた。しかし、誘拐された幹部がテロ組織との交渉がこじれて死体となって発見される事件が起こった。それ以降、テロ防止に裏金を使うようになった。カネを活用して社員と油田を守る。当然の決断だ。

インドネシアのケースが、この最大の試金石となった。検討の末、二正面作戦を取ることにした。テロ組織は、人民を敵に回さない方針、と聞いたから、社員のインドネシア人に危害を加えることはない、と判断した。残るリスクは、油田に対する襲撃だ。

これを守るにはどうしたらよいか、に知恵を絞った。広大な油田地域だからどこからでも侵入可能だ。フェンスなど無きに等しい。われわれ自身では広すぎて手に余る。そこでインドネシア政府と交渉した。油田に火災でも起これば操業が停止し、われわれの収入が途絶え、連れて政府の巨額の利権収入も失われますよ、と。それはお国のGDPの5%程度が失われることを意味しますよ。大火災ともなれば、周辺住民にも被害が拡大しますよ、と。

そう言って、政府高官を震え上がらせてから、こう要求した。油田地帯を守る兵士をすぐに派遣して下さい。守ってもらう間、兵士の給与は全額、サクソンが出します、と。

その一方で、ゲリラ側にも某ルートを使っていくばくかのカネを渡して難を逃れた。われわれは政府側、反政府側の両方と掛け合い、資金供給で合意して、安全な操業を確保したのだ。これで操業を続けられたばかりか、危機感から増産もして期中利益を大きく上げた。そういういきさつがある。

このように、AGの実行に際しては二正面作戦も視野に入れなければならない。グリーンランドの独立派だけでなく、デンマーク政府を抱き込む工作も考える必要があるかもしれない。が、ともかく的確なAG遂行には、現地の状況をよくつかんでこれを踏まえることが前提となる。それには地元政府関係者、独立運動家、住民の実力者と頻繁に接触しなければならない。

彼らの日常生活に住民のように入り込む。住民になりきること。これがスパイ活動の要諦だ」

オルソンは話すうちに、あの記憶の映像が甦った。

「インドネシアのケースでは、油田地帯への政府軍兵士の派遣はじつに効果的だった。政府軍は警備拠点をパイプライン道路に沿って一定の間隔で設置し、パトロールした。ゲリラ側は怖気づいて強行を諦め、裏交渉での解決に動いた。二正面作戦は見事に成功した」

オルソンは笑みを浮かべた。この成功でオルソンは、CEOへの昇格を確実にした。

「AGで注意しなければならないのは、われわれの動きが目立ちやすいことだ。グリーンランドの人口は全部で6万人足らず、うち9割は先住民だ。小さな町があるだけで身を隠せない。われわれが何かをしでかそうとすれば、すぐに耳目が集まる。まして政治的な動きなら、たちまちデンマーク政府に筒抜けになる。

どうやって隠密裡《り》にやるか、これが第一の関門だ。基本的には現地の先住民の中に増殖細胞を作ることだが、念には念を入れて慎重に工作する必要がある。この〝細胞作り〟が成功のカギだ。まずは現地のエージェント選びと訓練から始めなければならない」。オルソンは青年たちを説得した。

「……言えることは、地政学的にグリーンランドが第一級の重要性を持ってきたことだ。この動きに遅れをとれば戦いから脱落する。プレーヤーの主役は、われわれなのだ。サクソンこそが資本と人と技術と運営のノウハウを持つ最強のプレーヤーなのだ。これをしっかり自覚して取りかかる必要がある」

　オルソンが若い隊員を見回して言い渡した。

　あれこれ構想するオルソンの目の前に、半年ほど前、グリーンランドに偵察旅行した時の光景が現れた。

　それは小さな町の政治集会だった。自らデンマークからの分離・独立派と称するイヌイットの青年が、50人ほどの聴衆に向かって熱弁をふるった。

「地球温暖化のおかげで、われわれは先祖が想像もしていなかった新しい時代を迎えようとしている。島の8割以上を覆う氷の下に、貴重な鉱物資源が眠っていることが判明したためです。もはや魚やアザラシや白熊の時代ではない。豊富な鉱物資源を掘り出して世界中に売る。そしてわれわれが信じられないくらい豊かな生活が楽しめる、そういう新時代が幕を開けたのです。とまれ、手をこまねいているだけでは幸福は向こうからやって来ない。白熊を捕るように忍耐強く待ち伏せして、新しい時代をつかみ取るのです。神から与えられた恵みの宝を。

　しかし、そのためには……」

　青年が聴衆に向かって鋭い視線を投げた。

「そのためには、デンマークから独立しなければなりません。われわれの国をつくり、独立国家として歩み出すのです」

静かに聞いていた聴衆の頭が揺れ、まばらな拍手が起こった。青年が勇気を得たかのように目を輝かした。

「昨晩、ある外国からの訪問者とお話ししました。その方はレアアースを扱う多国籍企業の幹部ですが、お話を聞いているうちに、凄いことがこの島で起こっていることが分かりました。油や鉱物資源を扱う海外の巨大企業が、最近のグリーンランドの状況に並々ならぬ関心を抱いている、ということが。

温暖化で氷床、氷河が融け、さまざまな鉱床が次々と現れてきたのです。その方は自分の足元を指差し、〝ここは莫大な鉱物が眠る宝庫だ〟と言っていました。そしてこう助言してくれました。〝あなたたちはデンマークの支配に甘んじてはいけない。独立して建国する道を考えてはどうか。アメリカもイギリスから独立して自由を得て発展した。あなたたちも、これだけの地下資源を持つのだから、デンマークから独立して自立すべきではないか、いまがその時だ〟、と。

この言葉に正直、胸を突かれました。それからこう付け加えたのです。

〝あなたたちの独立・建国運動は世界の支持を得るだろうし、われわれも応援できる〟と。このひと言で、独立の夢が急に現実になりそうだ、と思えてきたのです」

オルソンは、青年の多国籍企業幹部との出会いの話に注意を向けた。〈うかうかしていられない。資源を狙う国際資本の動きは、ここまできているのだ。彼らもまた、グリーンランドの

デンマークからの独立を望んで、イヌイットたちをけしかけている）

オルソンは事を急がなければならない、と肝に銘じた。

このシーンを想起するたび、オルソンは気を引き締めるのだった。（グリーンランド争奪戦に絶対に遅れをとってはならない）

案の定《じょう》、グリーンランドへの海外からの旅行者の数は急増していた。その一部は氷河が融けて氷の巨大な塊が海に滑り落ちるシーンを見に来る「地球温暖化ツアー」の観光客だった。

しかし急増する別の来訪者の一部は、特殊なビジネス目的だった。

商用で来たのに、数週間から1カ月以上も滞在し、住民集会にも顔を出す者が、オルソンにはその手の輩《やから》と思われた。ふだんはぶらぶらしているように見える。

オルソンは別のシーンを思い出した。

ある時、パブで隣り合わせた白人系の中年男に話しかけた。オルソンの巧みな誘導とコニャックを一杯おごったことで、男は次第に打ち解けて話しだした。男はロンドンから調査目的で来たという。

「ある会社から頼まれて、この島の鉱物資源の分布状況を調査しに来たのです。はっきりしてきたことは、氷の下に埋もれる鉱物資源は莫大で、まだ手つかずの状態にあることです」

オルソンはうなずいて話を合わせた。

「そのようですね。わたしもそう聞いています。休眠する未開の資源大国だと。この資源をどういう方法で環境への影響を抑えて開発していくか、デンマーク政府とグリーンランド自治政府の最大の課題でしょうね」

2人の会話が弾んだ。頃合いを見てオルソンは自分のもう一つの名刺を差し出し、自己紹介した。その名刺の肩書きにはサクソンのエンジニアリング子会社の取締役とある。それは実際の肩書きではあるが、勤務の実態は社外取締役として1年に1回程度しか会社に顔を出さない。

「鉱物資源が豊富だとは確認できました。問題はそいつを氷の下から掘り出すには技術と資金が要《い》る。国際資本でなければできない。デンマーク政府が動こうとしても国際資本の力が要る。ところがデンマークはおそらく環境破壊を簡単には容認しないでしょう。そうであれば、埋蔵資源は手付かずで眠り続ける」

オルソンが将来を予想した。

男の目が据《す》わった。

「ブレークスルーは二つあります。一つは温暖化がこのまま進めば、期せずして氷の下から鉱床が現れてくるケースが出てきます。そうなると、通常工法で難なく採掘できるようになる。もう一つのブレークスルーは、——」

男が声を潜めた。

「グリーンランド自治政府が力を増し、デンマークから独立する。そして自ら資源開発に積極的に乗り出す。手っ取り早いシナリオです。この双方のシナリオで、グリーンランドに晴れてゴールドラッシュの時代が到来する。いずれそうなる、とわたしは信じています」

男の目が妖《あや》しく光った。

「なるほど、そうなるかもしれない……」

オルソンが男の主張に賛同した。

「しかし、それにしても……」

オルソンが言い淀んだ。

「ここにいると、地球温暖化の進み具合が分かる。その影響の大きさも。グリーンランドはある意味、地球最後の争奪地域になるかもしれない。温暖化の進行と資源の豊かさのせいで
――」

オルソンが感慨深げに言うと、男がうなずいた。

オルソンはここで回想を終え、われに返った。

III

気候大変動

12. 新エネルギー革命

米大統領首席補佐官のマーティン・スミスが、国民の支持率が一向に上がらない世論調査を見て、珍しく声を張り上げた。

「ここで、主導権を断固として取らなければなりません、大統領閣下。さもないと、ホワイトハウスはカオスに陥って何事も決められなくなる、というメディアの批判は一段と強まります」

トランプが、その大声に背中を押された。

「よく分かっている。野党やフェイク・メディアになんて言われようと、われわれのハラは前から決まっているからな。分かるかな？　マーティン」

ドナルド・トランプが自信満々に言った。大統領就任からすでに1年余り経ったが、いまなお政権中枢幹部の辞任は絶えず、政権は揺れ続ける。ロシアと中国が、代わって存在感を高めてきた。

「アメリカ・ファーストの政策をいよいよ推し進める。TPPとパリ協定から離脱した。これが第一歩」。トランプのしわがれ声が響いた。

「だが、こういう、国際協定のゴミを破棄したからって、満足してはいけない。われわれは次に進む。TPPに代わって、二国間貿易交渉で相手を追い込んでアメリカ・ファーストを勝ち取る。メキシコ、中国、ＥＵ、日本……みんな各個撃破だ。パリ協定のガラクタを捨てて、われわれはシェールガスの宝を手に入れる。石炭や鉄鋼を復興させて地方の経済と雇用を拡大する。地方の眠りかけた活力を引っ張り出す」

（トランプ節がまた始まったな）と思いながら、スミスは黙って聞いた。

「ついては、早速トリプルＡに取りかかってもらいたい」

トランプが身を乗り出した。「トリプルＡ」とは、極秘で扱う対外最重要政策を指す。

「アメリカの興亡を決するエネルギー政策についてだ」。トランプが声を潜めた。

「アメリカがエネルギーを開発しやすいように、主要国に工作する。ＥＵ、日本とロシアだ。ＥＵとは北極海とグリーンランドの石油・ガスの共同開発。日本はプロ（親）アメリカのプラットフォームとして重要なカードになる。アメリカのエネルギー開発のパートナーとして、イスラエルと共に技術と資金面で協力してもらう。

ロシアには、飴を放り込む。米ロ合弁で進めてきたカラ海やバレンツ海、黒海の開発事業を制裁と切り離して再開できるようにタイミングを見て工作する。

地球温暖化の問題は気にしないでいい。世界の政治は放っておいても、環境より経済成長を選ぶからな」

トランプは、スミスの顔を穴のあくほど見詰めて続けた。

「アメリカ・ファーストが成功するか否か、われわれの取引次第だ。いいかね、マーティン。

わしは空虚な社会運動家のオバマとは違う。生存競争の実業界で取引に明け暮れたからな。幾多の取引を通じて、全米の長者番付に載る大富豪にのし上がった。取引とは、創造的なゲームなのだ。取引を成功させて、アメリカを再び偉大にする。これしか道はない」

トランプが吠《ほ》えるように言った。スミスが2度うなずいてから、おもむろに口を挟んだ。

「仰せの通り、トリプルAの発動ですが、即効性を確保するには、日本から始めてはいかがでしょう。政府も業界もすこぶる忠実ですから。EUは中心のドイツが独立性を強めていてちょっと厄介です。ロシアはいわゆるロシア・ゲートが収拾していない。遠ざけていたほうがいい。まずは日本です。日本と取引して、目に見える成果を上げるのが近道と思われます」

「よく考えている」

トランプが納得顔ですぐに返した。

「なるほど、工作を日本から始める。即効性が大事だからな。やつにも話しておこう。共にしっかり協力していこうと」

「早速、準備にかかります。まずはJTTに情報工作を指示します」

JTTとは、本部をワシントンDCに置くJapan Think Tankの略で、表向きは日本関連のシンクタンクだが、実質は対日情報工作の拠点だ。東京・赤坂に支部を持ち、日本の大企業の法人会員を対象に教宣活動や講演活動も行う。

「よかろう、バカなメディアのお陰でわしらの支持率は超低い。秋には議員の中間選挙もある。

これを放っておくわけにはいかん。即効性のある日本で、印象的な結果を出す。次にEU、ロシア、中国だ」。トランプが上機嫌で言った。

2日後――。東京・赤坂のプリンセスホテルのティールームで、2人の男が話し合っていた。50代初めと見える顎鬚《あごひげ》を蓄えたイケメン男が、もう1人の芸術家ふうの初老の紳士にさっきから熱心に語りかけている。

「……報酬については、アメリカ合衆国政府の規定に従って支払われます。万が一、スパイ容疑そのほかで逮捕・拘束されるような不測の事態が生じた場合には、合衆国政府が身柄の解放を含む身の安全に万全の対応を講じます」

そう言われて初老の男が、沈黙を破った。

「この世界から4年前に身を引きましたが、お話を伺ってもう一度お役に立ちたいと思いました。以前のネットワークはほとんど支障なく機能するとみています。重要人物が1人、事故で欠けたのは残念ですが……」

「その補充はできています。きっと安心して任せられます。引き受けていただけますね。では、ＩＤ登録から始めてください。パスワードは用意してあります」

そう語ると、ヒゲ男が1枚のメモを手渡し、スマホから求める画面を呼び出した。

初老の男が指定された通りにパスワードをインプットすると、契約書が画面に現れた。

「内容は、従前のと変わりません」。ヒゲ男が言いながら鞄から書類を取り出した。

「同じ内容の書面をお持ちしました。のちほど署名をお願いします。次の画面の注意事項には、十分留意する必要があります。これも同じものをお持ちしましたので、ご確認下さい」

初老の男が注意事項に素早く目を走らせた。その目が一点で止まった。

「これはどうしても必要なのでしょうか？」。男が怪訝な表情で訊いた。「この、外出時にステッキを必ず持参、という決まりは」

「必須です。理由はただのステッキではないからです。護身用のナイフ、毒針、情報カプセル、医薬品——必要なツールの全てが、中に装備されていますから」

ヒゲ男が薄く笑った。

初老の男は「了解した」とばかりに、右の人差し指を立てた。

ステッキの先端に毒針を仕込み、後ろからターゲットの膨脛《ふくらはぎ》を刺して暗殺する。この手法を以前に聞いたことがあったが、（これだったのだ）と完全に納得した。ステッキが「殺しのツール」なら、実行者は常時持ち歩かなければならない。

画面は最後に、非常時の緊急連絡先の携帯電話番号を表示した。

「身の危険を感じたら、ここに連絡する。担当者の名を告げる必要はありません。担当が誰であれ、どんな状況でも対応します」

ヒゲ男が自信満々に言った。

マーティン・スミスは、ほどなくホワイトハウスのホットラインで東京のアメリカ大使館から「オペレーション・サクラ」の進捗状況を知った。「専任の作戦責任者も決まり、順調に動き出した」という。オペレーション・サクラとは、トランプ大統領が米政府に命じた、日米共同の新エネルギー戦略の対日地ならし工作である。その成否が米資本主義の未来を決める、とトランプは信じていた。

マーティンは自らが信奉する「アクション・フィロソフィー」の実践を考えていた。そのフィロソフィーとは、「指示をいま優先すべき一つの事柄に集中すべし」という原則である。（現在、この瞬間に最もやるべき重要なことは、たった一つしかない）と考えるからだ。

このアクション・フィロソフィーがマーティンの社会的な信用を高めていることは、本人自身が十分にわきまえていた。なぜなら、揺るがない考えに基づく「指示の明確さ」が、上司と部下に称賛され、尊敬を広く勝ち得ていたからである。

彼の評判を一挙に高めたエピソードに、2001年9月11日にアメリカのニューヨークとワシントンDCを襲った同時多発自爆テロ時の行動がある。当時、マーティンはDCのペンタゴン（国防総省）の中東課で主任分析官として勤務していた。激しい衝撃直後の緊急幹部会議で、マーティンはいち早く「これはイスラム過激派によるテロ攻撃だ」と断定、米国全土に即刻、厳戒態勢をとるよう主張した。この時の〝先見の明〟が、マーティンを40歳代半ばで大統領首席補佐官就任に至る華やかな出世街道に導き入れたのだ。

マーティンのアクション・フィロソフィーは、しかし、単なる付け焼き刃ではなかった。両親が離婚したあとの苦学生時代に、独学して身に付けたものだったのである。

彼が何度も目を通した古典に、孫子やクラウゼビッツ、モルトケの戦術論があり、マキャベリの君主論があった。その中に、「最上の指示・命令はたった一つ」の知恵を見出したのだ。

マーティンはいつものように東京に対し、一つの確たる指示を出そうと考えた。彼はホットラインの向こう側にいるヨシオカ・ケイタロウに「最初のステップとして次のことに取りかかってほしい」と語りだした。

「まず経団連に近づけ。会長とアポを取り、エネルギー政策で資金と技術面で連携するように強力に働きかける。その成果を踏まえて次のステップに進む」

数秒の沈黙ののち、ヨシオカが訊いた。

「経団連会長の件、了承しました。その次のステップとは、どんなものでしょう?」

マーティンの薄い唇が裂けた。

「次のステップは政府の中枢だ。プライム・ミニスター（首相）に政策を丸ごと共有してもらう」

初老の男は画面をスクロールして最初からもう一度、全てに目を通した。それから「最後の手続き」を予期して、視線をヒゲ男に向けた。

ヒゲ男が1枚の紙片を取り出して伝えた。

「公務用のコードネームです。今日以降、あなたはこの名前で生まれ変わり、活動してもらいます」

そう言って、ニヤリと笑った。

紙片には「青木譲《あおきじょう》」と大書してある。

「あなたは『ジョウ』と呼ばれて、海外ですぐに覚えられる。おそらくアメリカでは『エイオキ・ジョウ』の名で通るでしょう。そういう印象作りを狙ったコードネームです」

ヒゲ男が自分でこれを考えたらしく自慢した。

「ありがとう。国際的に通用しやすい名前で、悪くない。『ジョウ』は親しみやすく、覚えやすい。私の本名はゴツゴツして堅苦しく古めかしい。ジョウの名で、いい仕事をしますよ」

初老の男の目が不敵に笑った。

「ついでに年齢も8歳ほど若返らせたい。55歳でやっていこうと思います。パスポートも免許証も、そのように手配できますか」

「了解しました、ジョウさん、お安いご用です」。ヒゲ男が応えた。

「旧冷戦時代に活躍したエージェントのうち、いまなお現役で第一線で働いているプロは世界でも珍しい。ジョウさんは、その数少ない1人です」

ヒゲ男がジョウを持ち上げた。

「この魑魅魍魎《ちみもうりょう》の世界は、わたしの趣味に合致します。次から次に奇怪な怪物が現れ、危機を乗り越えていきますからね。お陰で月日の経つのもきれいさっぱり忘れる。年をとらない。好奇心と興奮こそが、若さを保つ秘訣です」

ジョウが人生論をぶって、ヒゲ男の反応を見た。

ヒゲ男が同調した。

「この世界は、格別に魅惑的です。ここに入ると、別人となってゲーム感覚で異次元の世界に踏み入った気分になります。ある意味、隠密の忍びはスリル満点の異次元旅行者、といえるかもしれない」

「フフフ、一面ではね。もう一面は、暗闘と殺しの世界だ。国家秘密を暴露したり、反プーチンに回った元政府要人が、ロシアでは何人も暗殺されている。付け狙われ、ロンドンやワシントンでも殺された。ジャーナリストもね。そういう世界だ」

ジョウが、もう一つの闇の世界を披露した。

「あまり知られてないが、ロシアは特別、恐ろしい状況だ」。ジョウが続けた。

「プーチンが大統領になった2000年3月以来、21人のジャーナリストが暗殺された、と報じられている。プーチンの政敵を含む犠牲者は全部で30人以上に上る。政権が手を下したのは明らかだ。犯人は1人も捕まっていない」

　ヒゲ男がうなずきながら言った。

「ロシアはたしかにひどい暗殺国家になってしまった。これに比べれば、日本はずっとまともな民主主義国家です。ここでは暗殺の心配はまずない。隠密でなくても、合法的にかなりの情報が入手できます。われわれが日本で仕事をするのはじつに恵まれています」

　ジョウが憐れむようにヒゲ男を見た。

「どうかな。国家は生き物だ。安心できない。刻々と変化する。不都合な情報は隠そうとする。国家を私物化してその権力を独り占めしようとする権力者は後を絶たない。どこの国も基本は同じだ。プーチンはその代表格だが、われわれのご主人はどうかな？　いや、これ以上はやめておこう、雇われの身だから。汝、雇い主をイチイチ疑うなかれ。仕事の義務に忠実であれ」

　ジョウがそう言って、ニヤリと笑った。


　それから48時間後、ジョウは予定きっかりに首相官邸に現れた。受付で20分待たされたあと、ようやく一室に案内された。

　やがて1人の初老の紳士を伴って面談予定の首相補佐官、狩野《かのう》重信が現れた。狩野は経済産業省の大臣官房総務課長から抜てきされた40代初めのやり手だ。

「お待たせしました。こちら、経団連会長の神原さんです」。テレビでお目にかかる、60代半ばの四角張った顔が、にこやかに頭を下げた。ジョウがどういう用件で、こうして訪れているのかはすでに狩野から聞かされている。

2人は早速、極秘扱いの非公式協議に入った。

「アメリカ政府の意向は、いろいろ憶測されていますが、一貫しています。行き過ぎた環境規制を取り払って滞っていたシェールガス・オイル、天然ガス、石炭の開発を推進する。これに尽きます。パリ協定離脱後の究極の国家目標は、シェールに続き豊富な石油埋蔵量が見込まれる北極域での石油・ガスの開発にあります。

ここはロシアが地の利を得ているので、ロシアといずれは仲良くして協力を再開する必要がある。極寒の最果ての厳しい環境条件から途方もない開発資金と超高度な最先端のドリル技術が要求されます。この協力ができる同盟国として、トランプ大統領が早くから白羽の矢を立てたのが日本です」

ジョウが一気に日米協力の必要と、その理由を説明した。

「この資金・技術面の提携協力によって、パートナーの日本側にも巨大な利益を保証できます」

ジョウが慎重に傾聴する神原剛三に詰め寄った。

「まず日米協力によって、日本のエネルギー安全保障が格別に強化されます。現在、9割を占める中東への原油依存は大きく改善されます。トランプ大統領は日米エネルギー協力ができれば米国内産シェールガス・オイルを格安で日本に供給することを考えています。アメリカの北極プロジェクトに日本が加わるようになれば、日本のエネルギー環境を一段と好転させるばかりか、日本のプレゼンスを強化し、対外発言力を増します」。ジョウが軽快に、雄弁に話を進めた。

しかし、神原はなおも黙ったまま話の続きを促した。

「ここは非常に重要な変化ですが、正直な話、〝アメリカ・ファースト〟を立派に成し遂げるには、アメリカ一国の力では難しいことが分かってきました。同盟国の中で最も信頼できる国――その協力があってこそ、の思いがここにきて政権内部に強まってきました。側近中の側近、バノンを解任したのも、この政策変更の一環です。バノンの孤立主義ではアメリカは立ち行かなくなりますから」

ジョウが2017年8月のスティーヴ・バノン主席戦略官解任の理由に触れた。

「……というわけで、日本政府と経済界には日米共通の利益に向け、アメリカ合衆国の新エネルギー政策を理解し協力してもらい、事業を共に推進していきたい。この合意に向けた外交スケジュールは、追ってご連絡します。

われわれとしては新エネルギー政策で日米が合意を発表すると同時に、提携する共同プロジェクトが動き出している実践的な状態にしたい。きょう、この日米共同プロジェクトの素案をお持ちしました。ぜひ神原さんにご検討いただき、後日、ご回答をいただければと思います」

ジョウがそう言って、日米が提携するエネルギー開発事業の候補リストを手渡した。

神原がそれに目を走らせて、ようやく重い口を開いた。

「なるほど、われわれ経済界にとっても思いがけぬ贈り物のようなご提案です。どれも大がかりな投資コストと技術を要する超大型案件ですね。どれ一つとっても、巨大プロジェクトです。とりわけ議論を呼びそうなのが、ロシア絡みのプロジェクトですね」

神原が指摘したのは、かつてカラ海やバレンツ海で米ロ共同で行っていたが、いまは凍結中の天然ガス採掘事業である。

ジョウが落ち着き払って言った。

「ご心配には及びません。ロシアとの共同開発は主に、すでに実績のあるサクソン社が担います。日本側はこの事業を技術面から補強してもらいたい。凍結した氷を深くドリルしていく技術一つ取っても、日本の協力の効果はてきめんでしょうから」

神原の表情を見ながらジョウが続けた。

「ロシアの固い政治風土は、ツンドラのようなものです。この永久凍土を融かすには、経済協力という春の暖かい風が必要です。政治的な行き詰まりの打開を図るためにも、特効薬は経済協力です。その果実を日本も十分に受け取るように、米政府はタイミングを考えています」

「なるほど」と神原はつぶやき、組んでいた両腕を解いてにこやかに応じた。

「ツンドラを融かす経済協力。剛に対しては柔で当たる。基本的なお考えは、よく理解できました。

一つ、よろしいでしょうか。このエネルギー協力の見返りに、アメリカ政府は増産した石油・ガスを日本向けに安価で供給するとのお話。この点は間違いないでしょうね。この条件がはっきりしていれば、われわれ経済界としては大変受け入れやすい」

「むろん、はっきりしています。これが協力の見返り条件です。日本側が負担ばかり押し付けられることは決してありません。アメリカとウィン―ウィンの協定になります」

神原の頬がほころんだ。（これならいける）という安堵感が、その表情ににじんだ。

ジョウが神原の背を押すように付け加えた。

「環境問題を懸念されるかもしれませんが、心配ご無用です。日本のパリ協定加入の立場となんら矛盾しません。われわれが北極域の開発に的を絞るのも、そこにはそもそも環境問題で反対する住民や支援団体がいないからです。いるのは白熊やアザラシ、セイウチばかりです。この地の利を大いに生かすのです。

もう一つは、批判を呼ばないように、稼働施設からCO_2など温室効果ガスが出ないよう厳重に規制していきます」

ジョウが胸を張って伝えた。

「一部始終を伺って安心しました。これで受け入れの方向で調整できると思います」

神原が腹蔵なく言うと、狩野がうなずき、ジョウが満面に笑みを浮かべた。

「何もかも了解しました。有意義な会合でした。しっかり協力して日米共同のエネルギー戦略に取り組んでいきたい、計画の具体化に向け、共同の作業部会を早急に設けたい――そのように大統領にお伝え下さい」

神原の朗らかな声が響いた。

10分後、官邸を辞した神原は社用車のレクサスLSハイブリットに乗り込むや、ただちに腹心の経団連副会長、田岡勝に連絡を取った。手短に用件を話すと、田岡のよく響く声が返ってきた。

「いいお話です。エネルギー産業の活性化は、経済成長の源ですから。日米共同で計画を首尾よく推進していけば、世界経済を引っ張ることにもなります。日米共同のエネルギー戦略は、両国の経済安全保障の目玉にもなります。油・ガスの確保が経済安全保障の大前提ですから」

同じ頃、ジョウはモバイル・パソコンで会談の顛末を日本にいる上司に報告していた。BCにホワイトハウスの大統領補佐官のメールアドレスが入力されている。ジョウにとって、この補佐官が究極の上司だ。「影の上司」として、その存在を誰にも明かさないように、と厳命されていた。この上司「X1」に、進捗状況を逐一、報告しなければならない。

ジョウが最後に、とっておきの言葉を入力した。

「以上の経過から、本件が必ず成功裏に終わることを確信します」

ジョウはもう一度文面に目を通すと、満足げにうなずいて画面の「送信」をクリックした。狩野はかねてから指示された通り、3者会談の一部始終を報告しに経産省の事務次官室に赴いた。女性秘書から次官の不在を告げられると、机上の小箱からメモ用紙を取り出し、すらすらとペンを走らせた。

「これを次官が帰ったらお渡ししてほしい」と言ってメモを秘書に預けた。

そこには単に「◎です」と書かれてあった。打ち合わせた通り、「◎」は上々の出来を意味した。のちに次官から狩野に内線電話が入ってこう指示するに違いなかった。「で、次をどうするか、考えなければ。すぐに関係者を集めて次官室に来てほしい」と。

予想は的中した。狩野は会議に備えて、すでにパソコンのワードで3者会談の概要と今後のあるべき対応をまとめていた。いつものように、文章は3分ほどで出来上がった。頭に描いてあった会議のポイントを指にそのまま伝えて入力する、見出しと結論部分に最上のひと言、キーワードを挿入する——この手順で電撃的に入力すればよかった。

次官室からお呼びを受けた時、走り書きの報告書は、すでに予想された出席者数に合わせ全部で5部用意されていた。

文面の見出しを指で追って確認すると、狩野の目が綻《ほころ》びた。見出しは、大文字でこう踊っていた。

「3者会談、エネルギー計画推進で基本合意／具体化に向け早急に共同作業」

「まるで新聞記事を読んでいるようだな」と、次官にまた嫌みを言われるのを承知で、レポートを今風に敢えて書いたのだった。次官の本心は、しかし、これを歓迎しているはずだった。前回、この今風表記を最後になって「わかりやすい報告だった」と賞賛したからである。

3者会談後、神原とジョウと狩野の当事者3人は一様に、アドレナリンがひと際分泌されたかのように動き出した。3人とも「プロジェクトの早期成功は間違いなし」との感触を胸に忍ばせていた。

ジョウは首相官邸から歩いて10分ほどの近距離にある赤坂の事務所で、その男を迎えた。事務所はジョウが「オーガニゼーション」と呼んでいる勤め先から当てがわれた。必要に応じてプロジェクトチームが使える決まりで、チームリーダーを支える中年の女性秘書はこの道20年のベテランだ。

ジョウには知らされていなかったが、女性秘書はチームリーダーの行動を監視する特命も担っていた。

その男、秋田浩二は資源エネルギー庁の役人から3年前に石油大手の東海石油に転職し、いまは参与として統合企画室に所属している。50代初めの働き盛りで、役所の経験を生かした「未来戦略担当」の肩書きだ。

秋田は約束した2時の5分前に事務所に現れた。

「予定より少し早く着きました。わたしのオフィスは目と鼻の先の虎ノ門ですので。われわれは文字通り、隣人です」

ジョウにそう軽口をたたいて、微笑を誘った。

ジョウと秋田は、会話の最初のさや当てで互いに相手を「ただ者でない」と見た。２人の剣豪は３分後、会談の本題に入った。

ジョウが始めた。

「当面の課題は、大きく二つあると考えます。一つは、戦略的パートナー探し。二つめは、新たな開発対象地域の確定です。これに関し叩き台を作ってきました」

秋田の目がジョウの目を捉えた。

「戦略的パートナー候補は、アメリカ企業との親和性と信頼性、さらに機動力、技術力を基準に選考しました。結果、候補を２社に絞り込みました。

もう一つの開発対象地域ですが――地球広しと言えども、新規エネルギー開発となると限られます。豊富なエネルギー資源を持ち、厄介な住民がいない北極が最適でしょうね」

「候補は２社？　というと……」

「御社がその一つです。もう１社は帝産燃料です。近年、海外提携を広げて国際化を熱心に進めています」

ジョウが早々と手の内を明かした。

「帝産ですか。うちと帝産はある意味、競合して国際戦略も強化しています。わたしは東海の一員ですから、むろんその大仕事を東海一手でやらせてもらうつもりで社長の命を受けて来ました」

秋田が率直にぶちまけた。

ジョウは、この種の反応を予期して故意にライバルの「帝産」の名を挙げていた。

「そうですか。社長さんがすでにその気なら、支障はありません。道ひと筋、となります」

ジョウが請け合った。秋田が破顔一笑した。

「では第1の課題は解決したと考えてよろしいですね?」。秋田が念を押した。

「結構です。次の第2課題に移りましょう」

ジョウが話を進めた。

「地球上のどこに開発の狙いを定めるか。これはエネルギー会社にとっていつも頭を悩ませる最大の問題です。なにしろ長年にわたって資金を投入して資源が手に入らなければ、一切の努力と費用が水泡に帰しますからね。このハイリスクを考えて有望な油田・ガス田を見つける必要がある。この点でノウハウを持つ東海さんのお考えはいかがですか?」

ジョウが話を秋田に振った。

秋田が眉間に皺を寄せた。

「そうです、たしかにその決定は会社の命運を左右します。軽々に決めることはできませんが、おおよその候補地はこれまでの探査結果から出てきます。その一部が北極域にあることは間違いありません」

　秋田がきっぱりと言った。

「ここに検討に値する一つのスキームがあります。われわれが、実現可能性と持続可能性において最も有望とみる案です」

　ジョウが言いながら、北極域の地図を秋田の目の前に広げた。その右指が、西シベリア沖のカラ海を指している。

「カラ海のこの辺に豊富な油田が埋蔵されている可能性が高い。すでにロシアとアメリカの石油会社の探査で判明しています。その埋蔵ガスの一部は数年前に見つかり、現在、採掘途上にあります。

　アメリカとロシアの共同資源開発を妨げる壁は、いずれ撤去されます。トランプ政権のお陰でプーチンさんとは密約ができている。ウクライナ情勢が落ち着いたタイミングで、計画は動き出します」

「密約？　やはりそうですか。ウクライナも停戦が続いて収まってくれば、領土問題を棚上げして平和が訪れ、和解の機運がおのずと盛り上がってくる、米ロ双方の経済協力が実を結ぶのも時間の問題となる。そういうことですね」

「そう、永久凍土が融け出し、春を告げるのです」

ジョウが愉快そうに言った。

「密約の存在は心強い限りです。強固な協力が欠かせませんからね」

秋田の表情が緩んだ。ジョウが、ロシアの内情を得意げに明かした。

「ロシアの政治は外から見えない舞台裏で全てが決まります。いま、ロシアが欲しくてたまらないのが、資金と先端技術です。これを手に入れて北極開発を進める。プーチンさんは北極開発を〝ロシアの未来〟と位置付けています。側近には北極開発の青写真とタイムスケジュールを作るように命じている。温暖化対策のパリ協定は批准しているが、あれは表向きの話。〝エネルギーこそロシアの国富〟と、本命のエネルギー開発を今後も緩めることはありません。自分たちの裏庭とみなす北極は、とりわけ重要です。この裏庭開発に、トランプ氏を引き込もうという魂胆です」

「なるほど、よく分かります。ロシアがエネルギーの狩人であることが」。秋田が相づちを打った。

「トランプ大統領がロシアに接近しようというのも、そのエネルギー戦略によってお互いに利益を得よう、という考えです。パリ協定はその邪魔になるから離脱した。そういう文脈です」

「なるほど」と、秋田がまたうなずいた。

「お話を聞いていて、ロシアとアメリカ接近の背景が理解できました。舞台裏でロシアは食指を動かしているが、観客にはそれが見えない。一方、トランプ大統領はごく単純に選挙戦当時からロシアとの和解をぶち上げてしまった――そういう構図ですね」

「その通りです。いま、アメリカで進んでいるロシアゲート捜査で疑惑が晴れれば、対ロシアエネルギー提携は加速していくでしょう。ヨーロッパでは英国、オランダの多国籍石油資本が北極利権を目指してすでに水面下で暗躍しています。エネルギーは探査・開発から事業化まで数十年かかることもある息の長いプロジェクトですから、早めに掘り当て、巨額の投下資金を可能な限り早めに回収していく必要がありますからね。

　ここでエネルギー産業の構造なるものが浮かび上がります。それは国家戦略の柱に掲げられるが、事業として採算に乗せる経済は民間に任される――つまり国主導・民委託の構図です。今回の日米プロジェクトは21世紀を代表する国際開発モデルになる、とみています」

　ジョウが胸を張って続けた。

「北極の日米開発はロシアを巻き込むことで、壮大な意味を帯びてきます。北極を巡るヘゲモニーに、重大な変化が起こる……」

「重大な変化？」。秋田が即座に質《ただ》した。

「ひと言でいうと、開発が成功すれば、日米ロで北極の支配力を握ってしまう、という意味です。まっさらだった北極の白いおいしいケーキに3国のナイフが入る。この成功で北極のヘゲモニーが確立される。これまでは北極海に面する5カ国――アメリカ、ロシア、カナダ、グリーンランドを保有するデンマーク、ノルウェーが利権争いに明け暮れていましたから」

「新3国連合の優位が決定的になる、ということですか」

「その通りです」。ジョウが断言した。

「3国がこのサクセス・ストーリーをモデルに、さらなる北極資源の開発へ進み、成功を重ねる。トランプ政権は、このように何事もビジネスに則して合理的に取り組んでいきます。非常に合理的に。

今回の共同プロジェクトも一義的には北極開発ですが、並行してアメリカ国内のシェール開発にも日本の資金、技術を大がかりに導入できるようにする。これがもう一つの狙いです」

秋田が首をすくめた。

「そうなのです。アメリカ国内のシェール開発も、喫緊の戦略的な課題なのです」

ジョウが話題をアメリカ国内の石油事情に転じた。

「日本のメディアにはあまり報じられなかったけれど、リーマン・ショックを立ち直らせた真の主役はシェール革命なのです。シェールガスの掘削が始まる2006年以前、アメリカの天然ガス生産量は減少し始めていた。ところが、水平掘削技術と水圧破砕法のイノベーションでシェール革命が始まると、劇的に変化します。

シェールガスの開発でアメリカの天然ガス価格が低下し、エネルギー産業はむろんのこと、あらゆる産業が活況を呈してきたのです」

ジョウが意外な表情の秋田を見詰めた。

「シェールガスの増加分が天然ガスの生産量を伸ばし、エネルギー価格を引き下げた、連れて天然ガスを原料とする化学産業でも海外にシフトしていた製造プラントの米国回帰が始まりました。

大型エチレンプラントの建設も相次ぎます。シェールガスに含有するエタンが原料のエチレンが、石油から取れるナフサが原料のエチレンよりも大幅に安価となったからです。このシェール革命の進展に伴って、ウォールストリートも活況に沸き、リーマン・ショックを克服していった。この革命の意義を全米の既存メディアは軽視した」

「なるほど……」。秋田がひどく感心したように唸った。

ジョウが熱っぽく言った。

「トランプ大統領はこれをもう一歩踏み込んで環境規制を取っ払い、コスト高を招いている輸送コストを減らすべく、パイプラインの敷設に乗り出した。これが真相です。ニューヨークやカリフォルニアのような沿岸部とは違い、テキサスなど内陸部の住民が大統領選でこぞってトランプ支持に回ったのも、こういう背景があるからです」

ジョウが声高に続けた。

「新エネルギー革命！　ここに今回の日米プロジェクトの原点があります。アメリカはシェールのお陰でロシア、サウジを抜いてすでに世界最大の原油・天然ガス産出国にのし上がりました。シェール革命を続けて、アメリカのエネルギー安全保障を不動にする。これに北極のヘゲモニーを狙った北極プロジェクトを加える。この大プロジェクトに日本を引き込んで技術・資金協力をしてもらう――これが計画のコンセプトです」

「なるほど、まことに壮大な計画ですね。産業革命は歴史的に必ずエネルギー革命を伴いました。いや、エネルギー革命が土台になっている。石炭火力で始まった第一次産業革命、石油に転換して自動車、航空機産業を生み出した第二次産業革命……トランプ大統領は新エネルギー革命の旗印をはっきり掲げたわけですね」

「その通りです。ただし実現は簡単ではない。地球温暖化問題が世界的に立ちはだかるからです」

ジョウの眉間に皺が刻まれた。

秋田がそっとつぶやいた。

「アメリカ・ファーストを国家主義とすると、地球温暖化対応は人類主義ですかね」

ジョウは遠方を見るような視線を秋田に送った。

「人類主義と言うのは幻想です。政治の世界では通用しない。政治は権力争奪の世界だから、人類主義という言葉は看板にしか使えない。もはや事実上の死語です。

いまは超国家主義で動き、動かされる時代です。この流れをすっきり打ち出したのが、わがトランプ大統領です。〝アメリカ・ファースト〟が、そのスローガンです。

大統領はシェール革命が環境問題で阻まれるようなことがあれば、アメリカ・ファーストは実現できないと考えています」

　ジョウがタネ明かしをするように続けた。

「シェールでアメリカはエネルギーを自給自足でき、輸入に頼らないで済むようになります。これは即ち、アメリカの強さを支える経済的柱となるのです。シェール革命の恩恵は、エネルギー産業に限らない。裾野の石油化学でも国内回帰と増産で、かつての支配的地位が復活しつつあります」

　秋田が応えた。

「お話を伺って、アメリカのエネルギー政策なるものがよく理解できました。政策の核心がエネルギー革命の持続にあることが。

　シェールで世界一の石油・ガス生産国になる。海外では北極の眠る資源を開発する……パリ協定を離脱した理由も理解できました」

　秋田が納得顔でうなずいた。ジョウが付け加えた。

「アメリカ・ファーストとは、何よりエネルギー・ファーストなのです。この点では共和党主流の全面的支持を受けています。この政策の中枢に、日本の資金と技術を取り込み、利益を共有しようというわけです」

　ジョウは薄く笑って続けた。

「ここに、われわれが登場する歴史的な意味があります。われわれのミッションは、偉大です。

アメリカと日本をつなげ、エネルギーパワーを強固にして共有する。その橋渡しをわれわれが担うのです。

これは日米の経済安全保障協定と呼ぶべきものです。政治の日米安保と表裏《おもてうら》の経済版です。この協定を成功させなければいけませんが、一《いっ》にわれわれの行動にかかっている。その意味で、いまから始めようとする事業は、世界の歴史の方向を左右します」

「世界の歴史の方向」と聞いて、秋田はゾクッとした。どえらい任務に放り込まれてしまった感覚にしびれたのだ。ジョウが秋田の狼狽する様子を楽しむように、改まった口調で尋ねた。

「ブリーフィングはこの辺にして、本題に入りましょうか。共同事業に参加可能な企業リストをお持ちですね。その仕分けから始めましょう」

秋田が鞄から2枚のペーパーを差し出して言った。

「これは有力候補の一部です。他にも喜んで協力する業者が多数いると思いますが、ここに書かれた業者は長年の実績から特に信頼でき、技術力に定評のあるものばかりです。彼らはみな信頼できる提携先や下請けメーカーなど横、縦の豊富なネットワークを持っています。事業規模に応じて、そのネットワークも存分に活用できます」

ジョウが取り出したボールペンの先を浮かして、100社近い企業名と、備考欄にある特徴、強み等を一つずつつぶさに点検した。

13．ニューカウンター・カルチャー

「環境ジャーナリスト」と肩書きが記された名刺を持って、白井は退職後初めて古巣の東京・大手町にある気象庁の地球温暖化調査部を訪れた。かつての上司の克間部長に会うためである。克間文太は親分肌で、上司にははっきりモノを言うが、部下には優しく頼りがいがある。そんな性格から若手の間で〝逆ヒラメ〟と呼ばれる。

白井が退職する旨報告した時、即座にこう言ってくれた。「そうか。情報が欲しければいつでもおれを訪ねてくれ。ウェブで見れない情報もあるからね」

白井はこの言葉を大事に胸の中にしまっておいた。(今日がその日だ)と白井は心に刻み、前日までに質問項目を用意してメールで送信しておいた。

質問の中心は、地球の両極――北極と南極の気候と海洋の状態である。

この二つの異変を追うことで、地球温暖化の現状と近い未来が見通せる、と読んだ。「気象異変は極地に始まり、世界を駆け巡る」というのが、白井の持論だった。とくに温暖化が進む北半球の気象異変は、しばしば北極の異変に起因する、これを注視しなければならない、とかねがね考えていた。

克間は会議室でいつものように、にこやかに迎えて言った。

「メールを読んだ。君の退職の引き金になったのがティピング・ポイントという言葉だと知っ

て正直、驚いた」

白井は退職前の挨拶回りでは、時間が十分に取れなかったので、敢えて触れなかったのだ。

「ティピング・ポイントなる言葉は使ってはならない、という通達はまだない。が、君の指摘したように、上が使いたくない理由は分かる。政治に巻き込まれるのが嫌なんだ。世論を刺激したくない。そっとしておきたいんだよ」

克間がたちまち本題に踏み入った。

「気象庁は政治とは無縁だが、国交省が動いて口を挟んだということかな。大臣が裏で温暖化対応の指示をした可能性は疑われるが、通常はここまでやるとは考えられない。ティピング・ポイントなる言葉を禁句扱いにしたとすれば、背景に何か大きな政治的要因があるかもしれない」

「政治的要因？」

「そう、トランプ政権の下、地球温暖化に反対する勢力がアメリカで幅を利かしている。トランプ政権の圧力とか忖度して、日本政府の温暖化対策が変わることはあり得る」

克間の柔和な目が鋭く光った。

「なるほど、〝アメリカ・ファースト〟の政権はいま旧エネルギー産業の復興に躍起ですから、地球温暖化論をなんとしても冷やしておきたい。差し当たり同盟国・日本に協力を求める構図が見えてきます。その一環で、日本の政府機関に刺激的な表現を避けるようにと」

白井がうなずきながら言った。

克間が柔和な表情を曇らせた。

「これはあとでじっくり読んでもらいたいが」と言って、表に「未定稿」と記された文書を差し出した。表題に「地球環境の危機的兆候」とある。

「世界の最新の観測データを集めて得た個人的な感想だ。個々のデータは客観的だが、総合判断は自分でやった。まあ、克間個人の独断と偏見を見るつもりで目を通してもらいたい」

克間がおかしさを噛み殺した。

「独断と偏見？」

「そう、実証主義者からすれば、想像に満ちているからね。それぞれのデータを結んで想像力を働かすと、こんなレポートになる」

克間の目が笑ったが、すぐに厳しくなった。

「結論を言うと、地球環境は急速に終わりに近づいている。大破局はもう間近だ。温暖化はティピング・ポイントに差しかかったどころか、こいつを通り越したと思う。一つの先端的な指標となる北極。海氷は年々減少傾向だ。北極の海氷の減少が加速すると、地球の温暖化が加速するのは知られている通りだ。温暖化が一定のレベルに達すると発生する気象大異変は、北半球の中高緯度地域ですでに顕著だが、今後はアメリカのパリ協定離脱の影響も出るだろう」

「たしかに、心配です」。白井が相づちを打った。

「もはや温暖化はティピング・ポイントを超えたから、暖まった雪の斜面のようにある日突然、雪崩が起こる。大破局は、雪崩や津波のように前触れもなく突発する。前触れもなく？　いや、じつは前触れはいくつもあるのだが、これを見過ごすから大破局に見舞われるのだ。

前兆は1990年代に始まった。90年代末には多くの科学者が自覚した。2000年代に入ると、前兆は頻繁になって、アル・ゴアのような敏感な政治家が気付き、反温暖化の世論が勢いづいた。そしていま――。

国際社会が温暖化対策に結束しだして、CO_2の排出量が抑えられてきたタイミングで、トランプが登場した。自国中心主義が世界に蔓延しだした。これが大破局の前触れの一つだ」

克間の弁がなめらかになった。

「しかし、アメリカという国は面白い。デモクラシーとダイバーシティ（多様性）によって悪も思い通りにはいかない。トランプの〝アメリカ第一〟とは逆の、普遍的な価値を信奉する人たちがいる。地球環境の保全こそ大事だ、という〝地球第一〟の人たちだ。その後の続報では、議会でパリ協定に戻るべしという気運がにわかに高まってきた。行き過ぎた振り子を戻そうという動きが、活発になってきた。さすがはアメリカ。独裁者の言いなりにはならない」

克間が誇らしげに言った。

「トランプ政権誕生で、どうなってしまうのかと心配されたアメリカで、60年代の再来のようにカウンター・カルチャーが現れ、希望の光が点ったということですか？」

白井が話の先を促した。

「その通りだ。完全に分断化された社会だが、リベラルが負けて退場したわけではない。ドッコイ、生きている。戦時下の地下の抵抗運動ではないが、互いに手を握って戦おうという動きが盛り上がってきたのだよ。これをニューカウンター・カルチャーと呼んでいいかもしれない。あるいはニューエスト・リベラルと呼んでもいいかな」

「そうですか。ニューカウンター・カルチャー、ニューエスト・リベラル。いい動きです。新しい時代の台頭かもしれません」

「トランプは世俗的悪の典型だから、正義を刺激するのだよ。彼は悪役だが、なかなか役に立つ悪役かもしれない。人びとの良心とか正義感をかき立てるからね」

「なるほど、そういう見方もできますね。トランプに刺激されて、隠れていた善の衝動が表に出る。

世界規模で動乱の時代が始まった、ということですか。分断と争いに明け暮れる時代の始まり。われわれはその混沌とした渦中にいる、そういうことですか」

「そういうことだ。どの社会も分断され、争いが起こっている。戦いは、議会民主制の国ではオセロゲームになる。選挙を機にすぐに引っくり返され、勝者は敗者となり、敗者は勝者となる」

克間が遠くを見る眼差しをした。

白井の頭にいろんな想念が渦巻いた。

「分断社会の争いの先端に地球温暖化問題が聳える。ざっくり、そういうことでしょうか」。

白井が論点を整理した。

「その通りではないかな。問題は、温暖化の抑制は国際社会が一致して取り組まないと困難なことと、その国際的取り組みが長期にわたって続かなければ意味がないことだ。CO_2大国のアメリカが国際協約に背を向ければ、どういうことになるか。温暖化は行き着くところまで来たのだから……」

克間の顔つきが不安を湛《たた》えた。ひと呼吸置いて続けた。

「地球は温暖化の行き過ぎで破局を迎えるほかない。おそらく突然に襲ってくるだろう。全球的な破局が」

そう言うと、目を閉じて黙り込んだ。

白井が静かに尋ねた。

「破局というと、恐ろしい響きがありますが、本当に起こるのでしょうか」

「起こる。必然の流れだ」

克間がきっぱりと断言した。

「どんな大破局でしょうか？」

白井が恐る恐る訊いた。

「想像してみるほかないが、神話や伝説が手掛かりになる。一つのヒントが……」

克間が白井をまじまじと見た。

「ノアの箱舟だ。近年の気象異変を見ていると、大洪水はあり得る。作り話とは思えない」

「ノアの箱舟？　ぼくも同じことを考えました。古代メソポタミアには大洪水の伝説があって、エンキドゥのような神様が出てくる。伝説は時代を超え内容を変えて、いくつか出てきます。共通するテーマは神の怒りによる大洪水、と古代研究家の本で読みました」。白井が記憶をたぐりながら応えた。

「その通り。ぼくも関心があって昔読んだ本を読み返してみた。長い人類史の中には、恐ろしい天変地異の言い伝えがある。大洪水だけでない。アトランティスのような大陸が海洋に沈没した伝説もある。その伝説は全て真実に基づいているのではないかな」

「じつはぼくもいま、個人的な関心から研究を再開したところですが。示唆に富んでいます」

「大いに富んでいる。誇張はあっても嘘はない。大洪水の伝説は旧約聖書にも取り上げられた、ノアの物語として。伝説は真実が代々言い継がれて伝わったと信じている――そういうことではないかな」

「そう思います」。白井が納得顔で応えた。

克間が眉を上げて続けた。

「一つ、大洪水が起こるとすれば、その前に大雨が降り続いたはずだ。もう一つの前提は、海面水位が大きく上昇する状況がある」

「ぼくもフッとその現代版を考えました。豪雨の連続と海面水位の急上昇と。ジリジリと進む海面上昇が、急に跳ね上がる恐れはないかと。

カギを握るのはグリーンランドと南極、とくに南極でしょう。温暖化で氷床・氷河がいっぺんに融けて崩れ、海洋に流れ出す。この現象はすでに一部で起きています。仮に巨大な南極の氷が融け落ちるような事態になれば……考えるのも恐ろしい」

克間がその話の先を制するように言った。

「その辺の研究は進んでいる。南極大陸の面積は日本の約37倍。大陸の氷床・氷河から押し出された棚氷《たなごおり》が、広く海へ張り出している。先端に近い部分は薄くなり、海に浮かぶ形だ。万が一、南極の全ての氷が融けるようなことがあれば、世界の平均海面水位は57メートルも押し上げられる、という推定もある」

「そうなると、世界の沿岸部に広がる大都市は全て水没してしまいます」

克間が不安げにうなずいた。

「大洪水のもう一方の原因となる大雨や長雨も、温暖化で増してくるが、現にそうなってきた。ティピング・ポイントの目安は、世界の気温上昇の平均が産業革命前に比べ2度近辺に達することではないかな。現在、すでに日本をはじめ場所によってはこの近辺に達してなお進行中だ。

気温上昇が2度くらいになると、広範囲にわたるサンゴの死滅など、次々に異常事態が起こる。いま起こっている事態がこれだ。温暖化がさらに進むと、世界の海洋循環にも影響を及ぼす。このことが大雨やゲリラ豪雨を増加させ、洪水を引き起こす要因になる。この海洋循環の変化が曲者《くせ》だ」。克間が続けた。

「北極の温暖化が進むと、世界の海洋循環は弱まる。すると、ＩＰＣＣが指摘したように大気循環が乱れ、北半球の降雪量と積雪面積は全体として減ってゆく。が半面、日本のような中緯度地帯で寒波、大雪はむしろ増える。大雨や集中豪雨が増加する。いま起こっていることだ。海洋の温暖化で酸性化も進む。結果、プランクトンの種や分布を変化させ、魚介の生態を乱し、地球全体に異変を引き起こしてゆく」

「その恐ろしい連鎖のメカニズムは、現役時代に身に沁《し》みて分かりました。一番怖いシナリオは、全球的な環境崩壊が突然の形で襲ってくることではないか、と思うようになりました。ムリを続けて突然、身体《からだ》を壊してしまうように。

豪雨が一向に止まないとか、干ばつがいつまでも続くとか。これまで局地的に起こっていた異常気象が、全球的に発生して止まらなくなる危険はないのですか」

「あるとすれば……」。克間が静かに言葉を継いだ。

「温暖化の影響を受けやすい極地から起こるかな。ＩＰＣＣ第５次報告書をよく読むと、ヒントが隠されている。婉曲《えんきょく》にだが、その危険性に触れている」

克間が真剣な眼差しを向けた。

「南極に不気味で不可解な現象が起こっている。

南極半島にある英国ファラデー基地の観測によると、ここ50年で気温は平均2・5度から3度も上昇しているのに、東南極にある昭和基地では有意な温暖化は生じていない。いや、内陸の南極点ではむしろ寒冷化している。

昭和基地などのここ30年間の気象データによると、上空の高度4～5キロメートルでは温暖化しているが、その上の成層圏（中緯度で高度11～50キロメートル）で著しい寒冷化が生じている。内陸部の寒冷化の影響で、東部沿岸では海氷面積がむしろ増大している。なぜ、こんな奇妙なちぐはぐ現象が起こっているのか――。

分からないことの多い南極について、IPCCも将来見通しをつけかねている。第5次報告では、『21世紀末に南極の海氷面積と体積の減少が予測されるが、その確信度は低い』。たしかそういう記述だったよ。

だが、さっき言った不気味な兆候に触れている。南極西側は温暖化している。不気味なのは、東側には高さ2千メートルを超える氷の山が陸の岩盤の上に立つのに、西側では氷床を支える岩盤の大部分が海抜ゼロメートル以下であることだ。

温暖化が進んで脆くなった氷河・氷床が融解すれば、ある時一挙に崩壊して海に漂いだす恐れがある。幅が数十キロ、高さ数百メートルもある巨大な氷山が海原を漂う姿は、想像するだけで恐ろしい」

克間の指が小刻みに震えた。

視線を天井に向けて聞いていた白井が、思い直したように内ポケットから小さく折り畳んだペーパーを取り出した。

「まだ公式発表はされていませんが、重要な未確認情報があります」

そう言うと、ペーパーを広げて目を凝らした。

「これはアメリカの友人からの情報をメモしたものですが、地球温暖化はますます加速していきます。トランプ政権のエネルギー方針を受けて、石油メジャー最大手のサクソンが過去最大級の投資をシェール事業に注ぎ込みます。じつに２０２２年までに２００億ドル、２兆円以上をアメリカ南部テキサスのメキシコ湾沿岸に投じるとのこと。ここにシェール革命でたっぷり手に入れたシェールの製油・石油化学品の大生産基地をつくる、というのが狙いです」

白井の頬が紅潮した。メモには大きく「エチレンセンター　２００億ドル」と書かれてある。

「メキシコ湾沿岸部にエチレンセンターをつくって、石油の川下《かわしも》事業をここでやる。川上のシェールガス・オイルはセンターから北へ約５００キロ行ったパーミアン鉱区で増産して手に入れる。増産用の掘削用地の買い増しに、すでに66億ドル投資したようです。〝アメリカ第一〟のトランプ政権のエネルギー政策の目玉――それが、このサクソンの巨大プロジェクトです」

白井が克間の反応を窺った。

克間が憂うつそうな眼差しをしてポツリと言った。

「そういうわけか。アメリカのわれわれの仲間が元気のない理由《わけ》が分かったよ。向こうの会議で会った1人はこう言っていた。〝トランプの登場で、われわれが何を言っても政府は聞く耳を持たなくなっている〟と。気候学者もすっかり悲観的になっているようだ。〝研究も日の目を見なければ、身が入らない〟と、ある学者は嘆いていた」

「やはりそうですか。時代精神というのは怖いですね。それこそティピング・ポイントのように、政権の交代でガラリと時代の精神が一変してしまう。きっと、いまがそれでしょう。で、このサクソンのポリシーが地球温暖化を悪化させるのは間違いありません」

白井が話をサクソンに戻した。

「サクソンの力が急につけば、競合する他のメジャーとかロシアや中国の国営石油資本が黙っているわけありません。時価総額で比べるとサクソンはすでに約3500億ドル、石油メジャー2位のダッチシェルの1・5倍。シェール革命で潤うサクソンとその他の業績格差は広がっていく。そうなってはならない、と他のメジャー、国営会社は必死で規模を拡大しようとする。

結果はアメリカでのシェール参入だけでなく、北極圏に眠る埋蔵資源の開発推進に乗り出す。これをやらないと、エネルギー自給率は下がり、エネルギー供給の主導権をサクソンに握られてしまう。そこで主要国は未開発の北極域に視線を移すでしょう。北極海、グリーンランド、シベリア、カナダの北、アラスカ――これらの未開未踏の地に熱い視線が注がれることは間違いありません」

　白井の説明に克間がコックリうなずいた。

「なるほど。地球環境悪化のシナリオが作られ、これに沿ってサクソンが走り出したわけだ。……君の退職する理由が理解できたよ。地球は持たなくなる、警鐘を鳴らさなければならないと」

「気持ちとしてはその通りです。トランプ政権の誕生で、正直、放っておけなくなった、なんとかしなければ、の思いに駆られました。不安もありましたが、最後は衝動に背を押されたのです」

「衝動に背を押された？　若さの特権だろうね。衝動のひと押しがなければ冒険は始まらない。ぼくのような臆病な凡くらは、親方日の丸の中で安住してしまうわけだ。君の衝動は素晴らしい。大切にしなければね」

　2人の目が笑った。

　克間の快活な声が響いてきた。

「トランプの登場で時代が変わった。地球温暖化が急速に進んだ90年代末以降、国際社会はようやく環境危機に目覚め、世界の科学者たちの研究成果を集めた対応に乗り出したところだったのに。科学が否定される時代になったのだ。われわれもこの時代の変化に対応しなければ。いや、対応というより、レスポンス、応戦と言ったほうがいいかな。新たな挑戦を受けたのだからこれに応戦しなければならない。

君はここを出て思うところに沿って活躍する。それを信じているよ。ぼくのほうは残って地球の真実を伝える。一部の政治家や取り巻きには〝不都合な真実〟をね」

そう言うと、克間はニヤリと笑った。

14. 前触れ

白井が自宅の書斎を本格的な研究調査・執筆室に改造するため、本や書類の大がかりな整理整頓を始めた矢先だった。スマホの電話が鳴ったので取り上げると、克間の声が響いた。その異常な声の調子から、ただならない異変が発生したことは明らかだった。

「わたしだ、克間。南極で大変なことが起こったようだ」

克間の日頃の落ち着きぶりからは想像もつかない慌てように、白井は一瞬、身構えたが、努めて冷静を装った。

「何があったんですか?」

このひと言で相手は落ち着きを取り戻した。早口をゆっくり、はっきりした口調に戻して言った。

「西の半島のラーセンCの完全崩壊だ。これに続いて、ロスの棚氷《たなごおり》の一部が崩壊した。半島の棚氷は全て切り離されてなくなり、大陸最大のロスまでも崩れだした。衛星モニタリングで確認された。アメリカ側から連絡が入ったんだ。恐れていたことが現実になった。詳しい情報は入り次第、追って知らせる」

そう言うと、電話は打ち切られた。

ラーセンA、ラーセンBの棚氷は十数年前までに崩壊した。ラーセンCも、17年7月に一部が棚氷から分離し、1兆トン超の重量を持ち、三重県並みの面積の氷山となって海に流れ出したが、その残りが完全崩壊した、というわけか。だが、ロスの崩壊となると、意外だった。(まさかロスまでも!)白井は絶句した。

克間の仕事現場は、アメリカからの一報でかなり混乱を来たしているようだ。そんな中、約束した通りに克間が事件の一報を自分にすぐに伝えてくれたことに白井はひどく感動した。

スマホを胸の内ポケットに戻すと、白井は異変が起こった西南極の、南米大陸最南端の方向へ細長く伸びた南極半島の地図を頭に描いた。それから南の太平洋方向にあるロス海に張り出ているロス棚氷を想像した。

ロス棚氷は48万7千平方キロメートルほどの、ほぼフランス全土に匹敵する面積を持つ。日本よりも大きい米カリフォルニア州の広さを上回る。

(崩壊したのが、「ロス棚氷(Ross Ice Shelf)」だとすると、——)。白井が脳の記憶装置をフル回転させた。

(ラーセンCの完全崩壊をもたらした半島一帯は、冬の平均気温で過去50年に5度くらい上昇しているはずだ)と見当をつけた。「それはそれとして重大だが、ロスの崩壊はもっと恐ろしい」と独りごちた。

気候学者の1人が最悪のシナリオが起こるとすれば、ロスの崩壊だ、と言っていたことを思い出したのだ。

それは1年前に遡る。ニューヨークで開かれた学会の懇談の席で、南極の気象観察を続けるカナダ人研究者から〝ロス棚氷の危機〟を延々と聞かされた。

（彼はたしか、こう言っていた。〝地球温暖化がこのまま続くと、早ければ今世紀半ばにロスは大崩壊し、海に流れ出す〟と。それが今世紀半ばどころか、いま起こっているのだ）

克間が仰天して慌てふためいた理由が呑み込めた。

南極大陸は日本国の約37倍の面積だから、アメリカ全土よりも広大で、アメリカとメキシコを合わせたくらいある。大氷床が南極大陸を高山の高さで覆い、なかには4千メートル級の山もある。

しかし南極横断山脈の西側と東側では気候も温暖化の進み具合もまるで異なる。この謎はまだ解明されていないが、次第に分かってきたことがある。

地形と岩盤の違いだ。東側は標高2千メートル以上の氷床が岩盤の上に聳えるのに対し、西域では氷の下の岩盤は低く、海面下の部分が多い。大陸の氷河・氷床から洋上にせり出している棚氷が、陸上の氷河の流出をせき止めているが、大気や海水が温暖になれば棚氷が融け、支えを失った氷河が崩れやすくなる。全体に半島をはじめ西側の氷河・氷床は脆いのだ。

（肝心な点は……）と白井は総括した。（次の厳然たる事実だ。地球上の真水の60％以上が、南極の氷床・氷河となって閉じ込められている。もしもこれが大量に融けたら、地球環境への影響は計り知れない）

仮にいま以上のスピードで氷が海に融解していけば、今世紀半ばには地球の海面水位が3〜5メートルも上昇しうる、との研究報告もある。白井は記憶を手繰り寄せた。「棚氷はビンの栓のようなものだ」と言った研究者の言葉が思い浮かんだ。

彼はこう語っていた。「この栓が外れれば、支えをなくした氷河の塊が海に落ちる。世界の海面は跳ね上がる」

白井の眼前に、巨大な氷の塊がドドーッと凄い音を立てて海になだれ落ちる光景が現れた。(これで島しょ国や海沿いの低地にある大都市は水没するかもしれない。海抜1メートル以下の低地に住む人は世界に1億人以上いる。水没の危険を知って果たして逃げられるか……)人びとが逃げまどう光景をまざまざと幻視しながら、白井はブルッと胴震いした。

(昨日まで、地球温暖化がもたらす南極の危機は〝このままだといずれやってくる〟と学者の間で言われたが、それが現実に起こるのはもっと先と見られていた。最新の研究情報でも、危機の到来は〝今世紀末までに〟と想定していたはずだ。それが遥かに早まった)。白井が戸惑いながら記憶をたしかめた。

南極域の変化は、北極域に比べそれほど注目されなかった。その理由は、毎年のように減少する北極の海氷のような劇的な変化に乏しかったせいだ。多くの人は、南極を古今を通じ〝永久に氷に覆われた大陸〟とみなしてきた。

しかし、学者の中には南極こそが人間文明の存亡を左右しかねないカギを握る、とみる者もいた。彼らは南極の氷床が毎年、数十億トン規模で陸から海に融解し続ける事実に注目した。この融解がさらに急速化すれば、世界の海面水位を数メートル単位で引き上げ、島や大都市、河川のデルタ地帯を水没させる危険がある、と警告したのだ。

ＩＰＣＣ第５次評価報告書は、予期しない事態の突発に触れている。世界の海面水位の上昇が「可能性の高い範囲を大幅に超えて引き起こされる可能性」を「中程度の確信度」で指摘したのだ。それは「南極氷床の海洋を基部とする部分の崩壊が始まった場合」だという。(言われていた〈この恐れが、ついに現実になった!〉)。白井は改めて頭の中を整理してみた。

北極の危機、南極の危機。いつか必ず起こる、用心しろ、と。そして、とうとう今日、これが到来したのだ。大津波がある日、突然に押し寄せるように、だ。

正直言って不意打ちを食わされた思いがする。なぜなら、グリーンランドの異変なら、少々のことでは驚かない。予想の範囲だし、規模も小さいだろう。

ところが、事は南極で起こった。起こるとすれば、もっと先、と思っていたから、衝撃は大きい。しかし、冷静に考えてみると、……)

白井は自分自身に努めて冷静に考えるよう、せっ突いた。それから結論を引き出した。

(複雑な気候の南極は、これまでクウェスチョンだらけだった。それがいま、自ら回答を示したのだ。〝温暖化の圧力を受けて棚氷は、もはや氷床を支えきれない〟と。

前触れはあった。南極半島先端のラーセンＡの１９９５年の崩壊だった。２００２年初めにラーセンBの大崩壊が、これに続いた。東京都を上回る大きさの棚氷がわずか1カ月ほどで崩れ落ちた。そして今日、大西洋側のラーセンCが全て崩壊したのに続き、太平洋側の南極最大の棚氷、ロスの一部が崩壊した。

となると、ラーセンの南にあるロンネは大丈夫か？　ロンネはロスに次ぐ第二の大きさだ。ロンネが崩壊したなら、連鎖反応だ。ロンネがダメなら、おそらくその東隣のフィルヒナーも、西南のアボットやアムンゼン海のゲッツ棚氷も、危ない。いずれ割れて海に流れ出すだろう。つまりは、南極の棚氷の至るところで崩壊が始まっている可能性がある。

棚氷が崩れれば、支えをなくした氷河・氷床が、次々に海に崩れ落ちていく。恐ろしい。これは大破局だ。破局の波は、数週間で地球全体を席巻するはずだ……）。白井は思わず時計を見た。

「生きる時間は、あとどれくらい残されているかな。急がなければならない」。そうつぶやいた時、電話が入った。克間からだった。

「今度はグリーンランドで異変が起こった。もう少しで大勢の観光客が巻き込まれる異変が。フィヨルドの氷河観光で周遊する船の乗客が見ている前で、氷河が崩れ落ちた。詳細は不明だが、かなり大規模な崩落のようだ」

白井は一種の既視感に襲われた。グリーンランド。世界の平均のほぼ2倍の速さで温暖化が進行していると聞く。日本の面積の6倍ほどもある、この世界最大の島の気象ウォッチは欠かせなかった。白井も日頃からグリーンランドを注視し、変化のいちいちを記録してきた。

現在、世界の真水の7％ほどはグリーンランドの氷河・氷床にある。もしもその全てが融けたら、世界の海面は7メートル以上上昇するという専門家の試算もある。

かつて中世の一時期、バイキングがスカンディナビアからグリーンランドの南部や西部のフィヨルドの奥に入植した頃、気候は温暖化していた。ナショナル・ジオグラフィック誌によると、気候に大変化が起こる紀元1300年頃を境に、グリーンランドの寒冷化が進む。バイキングは適応できずに島を離れ、代わってカナダ北部からやって来たイヌイットたちが西海岸沿いに定着した。

〝氷の島〟になったグリーンランドに、地球温暖化の波が再び寄せてくるのは1990年代からだ。21世紀に入ると、西海岸南の首都ヌーク近郊ではキャベツが収穫されるようになった。フィヨルド沿いの農地では、イヌイットたちがジャガイモを収穫し、飼っている羊用の牧草も育つようになった。住民には、温暖化のおかげで豊かな生活が夢ではなくなったと思われた。

しかし、――急速な温暖化は、想像もつかなかった負の事態も引き起こしつつあった。

「氷河の崩落、氷河観光――となると、崩落地点は見当がつく。イルリサット近くのヤコブスハン氷河ではないかな。観光船がもう少し近づいていたら、もろに巻き込まれて大事故になったかもしれない。船は急きょコースを変えて難を逃れたんだろう。だが、このあと襲って来る津波を逃れられたかどうか、まだ安心できない。

途方もないボリュームの氷が海に崩れ落ちれば、津波同然になるからな。特報として伝えられたんだから、相当衝撃的な出来事だったに違いない」

白井は氷河が崩れ落ち、観光船が大急ぎで引き返す情景を想像した。

それから危機の連鎖について考えてみた。温暖化危機は大気の昇温に始まり、海洋の異変へ、さらに生物の生存の危機へと波及していく――この「環境危機の連鎖」についてである。

（南極に始まり、直後にグリーンランドに大異変。となると、南極圏、北極圏とその周辺に雪崩のような崩壊現象が広がっている可能性が高い。前触れはあった。たとえばアメリカ北部のアラスカ。ここで急増している森林火災だ。北極海に面するアラスカ最北の都市バローでは、この30年に平均気温が2・3度超も上昇した。気温の急上昇で針葉樹林が燃えやすくなったのだ。ツンドラはアラスカ全域で融けて、道路をデコボコにしたり水浸しにしている。

地面が緩んで立っていた木が斜めになり〝酔っ払いの森〟と呼ばれる風景も出現した。凍土が融けて緩んだ崖が波や風で侵食され、さらに崖が崩れる悪循環も生まれている。デナリ国立公園にある地球最大規模の氷河「バックスキン」はあまりに急激に融解して、水が急流となって斜面を落下していると聞く。ロシアやカナダのツンドラも同様に融けて大地は不安定化した。ツンドラはもはや土地をつなぎとめる永久凍土ではなくなった）

白井は幻視者のようにツンドラ地帯の荒れた風景を見た。

東京・大手町の気象庁に設けられた緊急記者会見場は緊張した空気に包まれていた。30分後に開く会見を前に、舞台裏では発表文のすり合わせが依然続いていた。

焦点となったのは、「なぜ南極と北極に同時多発的に異変が生じたのか」「南極の異変の特性と波及的な地球環境への影響」である。いつものように、考えられる回答のうちどこまで答えるべきか、に議論は絞られた。

「いまの段階では言えることは限られます。知った事実を淡々と伝えるほかない」。克間が広報室長の十和田勉に言った。

「事態はまだ進行中なので、現時点で把握した事実を公表するしかありません。それ以上の推測とか予測とかは避けるべきでしょう。さらに注視して適時、発表していく、としましょう」

「それにしても、こういう質問にはどう答えるべきかな。〝南極に一体、何が起こっているのか〟と。当然、出てくる質問だが、単に〝目下、調査中〟と答えるだけでは説明にならない。聞くほうは納得しない。ここをもう少し突っ込んで、どこまで回答するか――」

十和田が困惑げに返した。

克間が応えた。

「そこのところ、さっきから考えていたのですが、こう言ってはどうでしょう。〝南極ロス棚氷が相当程度崩壊したとなると、地球温暖化の影響が予想していた以上に大きかったのではないか。気温の上昇ばかりでなく海水の温度上昇もあって上と下から氷を薄くし、脆くし、壊れやすくした。これが連続崩壊を招いた可能性があると考えられます〟と」
「なるほど。これなら異論を挟む者はいないでしょう。他の要因が特別になければ、ロスの崩壊は地球温暖化による以外にないのだから」。十和田が同意してうなずいた。

グリーンランド全土の約8割は氷床で覆われている。面積が170万平方キロほど、厚さが最大3・2キロに及ぶこの氷床が、大量に融けることなどあり得ないとかつては考えられていた。

グリーンランドの氷床はレンズ型の形状である。厚みのある中央部は氷が固く融けにくい。氷の融解が進むのは周縁部だ。

氷の融解域が観測史上最大を記録した2007年当時、4〜10月の融解域は周縁部から南部に広がり、少なくともグリーンランド全土の40％に達したとされる。

なぜ氷床の融解が加速してきたか——。白井は原因の一つを「クリオコナイトの増加」とみた。クリオコナイトとは、風に飛ばされてきた煤《すす》などの空気中の浮遊物が氷上に堆積したものだ。火山からの噴出物とか鉱物粒子のような自然物もあるが、石炭燃料工場や石炭火力発電所から排出される人間活動に由来するものもある。

この人間活動が一因のクリオコナイトが増え、黒い煤のようなものが氷上の所々に散らばっているのだ。

氷上のクリオコナイトは氷の融解をさらに促す。黒ずんでいるために光を反射せずに太陽熱を吸収するせいだ。写真などに見る氷上に黒々とあいている穴は、クリオコナイトが太陽熱を吸収し、その熱で周りの氷を解かしてできたのである。

30年以上にわたる衛星観測データによって、氷床の融解域は拡大傾向にあり、近年そのペースが早まっていることが判明している。

人間の消費活動、産業活動が、グリーンランドの風景を変えつつあるのだ。

(重要なことは……)。白井が考えをまとめた。(南極と北極で同時に異変が生じたこと。とりわけ南極の棚氷の消失は影響が大きい。島しょ国が危ない。東京は大丈夫か?)

そこへ克間から電話が入った。

「南極だが、次々に崩壊が始まったようだ。影響は地球規模になる」。克間の興奮が伝わってきた。

「やはりですか。ラーセン、ロスに続いてロンネもですか?」

「まだ未確認情報の段階だが、どうやら軒並み亀裂が確認されたようだ。棚氷という棚氷が。ロンネ、フィルヒナー」。克間がつぶやいた。白井は電話越しに、克間の困惑した顔を想像した。

「知る限り、大きいのが次々にだ」。克間が繰り返した。

「南極の氷の芸術品が消失する。人間のせいでね」

克間は「棚氷」を「荘厳な氷の芸術品」と呼んだ。彼がかって南極の雪と氷の大自然を「美しき白き世界」と称えたことを白井は思い出した。

克間が沈んだ声で続けた。

「棚氷がやられたとなると、背後の氷河もいずれ崩れ落ちて南極発の津波が次々に世界に波及していく。ニュージーランド、オーストラリア、南アメリカに始まり、津波が北へ押し寄せる。北半球に到達するのも時間の問題だ」

白井は聞いているうちに鳥肌が立ってきた。

（残された時間はないも同然だ……）。白井の直感は（これは地球の終わりなのかもしれない）と告げた。

克間が意外な舞台裏を語った。

「間もなく記者会見が始まる。そこで確認された異変のことを話す。しかし国民はどこまで知ることができるか。政府から不安を刺激するような発表の仕方は避けてもらいたい、と注文が付けられた。原発事故の扱いと同じだ。国民に不安を与えず、冷静に事実のみを伝えて欲しいと。異例の注文だ」

「政府から注文？　不安を刺激しないように？」

白井が問いただした。克間が声を落とした。

「そうなんだ。考えられないことだが。地球温暖化関連の発表は最大の注意をもって扱ってもらいたい、国民に不安を与えないように、過度に刺激しないように、と。どうやら、政府の発信元は官邸の最高レベルのようだ。これを直接伝えてきたのは官房副長官らしい。だが、このことはマル秘扱いにしてほしいと要請してきた。問題化すると厄介だからね」

克間が政府の注文の背景を明かした。数秒の間、時が止まって沈黙が支配した。

「原発事故の扱いと同じようにやれ、という趣旨の発言もあったのですか？」。白井がウラを取ろうとした。

「そう聞いている。福島第一原発事故では、原子炉はじきにメルトダウンを起こしたが、東電はこれを隠して、〝炉心損傷〟という言葉を使って事故を軽く見せた。同じようにやれ、ということだ。大本営発表の戦時体制に逆戻りしてしまった。ここまで官邸の最高レベルが指示したということは、トランプ政権からの圧力があったのかな。彼は地球温暖化を否定しているからね。

おっと、もう時間が来た。この続きはあとにしよう」

そう言うなり、克間は話を打ち切った。

10分後、１００人を超える記者、カメラマンが集まる中、緊急記者会見が始まった。

冒頭、広報室長の十和田が状況の概要説明を行ったあと、克間がポインターを手にディテールを解説した。

「南極の棚氷の崩壊は過去にも例があります。西岸に突き出た半島にあったラーセン棚氷。その最先端のAの部分が1995年に崩れ落ち、ラーセンBも2002年にほぼ1カ月で大崩壊しました。ラーセンBの面積は東京都よりも広く、ほぼ島根県に匹敵します。これが1カ月で消えてしまった。ラーセンCの一部も、17年7月に割れて三重県並みの氷山となって海に流れ出しました。そして今回、残ったラーセンCに加えロスの崩壊が確認されました。

今回のは崩壊の規模と同時多発性の点で過去に例のない異変と言えます。南極で最大の棚氷であるロス――その一部が崩壊したことは重大な影響をもたらします。ロスがどこまで崩壊していくかは、今後見ていかなければなりませんが、仮に――」

克間が「仮に」を強調して力を込めた。

「仮に、ロスが全て崩壊すると、その崩壊面積は日本全土や米国のカリフォルニアよりも大きい。ほぼフランス並みの大きさとなります。これが短期間に崩れると――結果、世界の海面は平均して数メートルから10メートルほども上がる可能性があります。高潮と合わせて襲来すると、浸水被害は一段と大きくなる恐れがあります。

その後、ラーセン、ロスに続いて2番目に大きいロンネにも、亀裂が入り崩壊する兆候が確認されました」

克間がポインターで画面の南極の地図にある問題の棚氷の位置を示した。

「この崩壊の同時多発で、世界の海面が一段と上昇する可能性が高まります。IPCCは報告書で21世紀末までに世界の海面は温暖化の結果平均1メートルほど上昇する、と予測しましたが、これら棚氷が次々に崩壊すれば、世界の海面上昇は1メートル程度では済まないでしょう。仮に平均が1メートルとしても、場所によってはこの数倍にも上昇します。

ここでもう一つ、押さえておかなければならない危険要因があります」

克間が居並ぶ記者を見回して、言葉を慎重に選んだ。

「これも過去に例がないので、確実性は必ずしも高くありませんが――その危険を十分に考慮していまから備えておく必要がある、と考えます。それは、棚氷は海に浮かんでいる北極海の氷のような海氷とは違う、ということです。棚氷は陸上の氷河・氷床につながって、これがせり出して雪原となって海面に広がっている。ですから、陸の氷河・氷床を支えているこの棚氷が崩壊すれば、陸の氷河・氷床は支えを失って、海に崩れ落ちていく可能性があります。こういう不測の事態が生じうるわけです」

前列でメモを取っていた東都新報の記者が手を休め、緊張した眼差しを克間に向けた。小さなざわめきが記者席から起こった。

克間は内心、(これを言っておかなければ、危機の本質が伝わらない)と信じていた。

説明を簡潔に終えると、質問に移った。東都新報の記者が真っ先に手を挙げた。

「仮に、の話ですが、ロスが完全崩壊し、ほかの棚氷も相次いで崩壊するとなると、最大にみて地球の海面水位をどの程度上昇させる恐れがあるのでしょうか。それは各国にかなり大きな浸水被害や水没被害をもたらす恐れがあると思いますが、その辺の影響はいかがでしょうか？」

克間が、質問を予期していたように落ち着いて答えた。

「あくまでも仮定の話としてお答えしますと、ロスは、いまの確認された状況からみて近いうちに完全崩壊の可能性は否定できません。その場合、世界の海面は顕著に上昇する可能性があります。しかし、どの程度上昇するかとなると、たしかなことは分かっていません。影響の評価は、現時点ではまだ定まっていません」

会場が静まり返って、克間の応答に耳を傾けた。

「一般論としてですが、今回の棚氷の崩壊が過去の事例とは明らかに異なる大規模で連続的なものである以上、その影響に細心の注意を払って対応する必要があるでしょう。崩壊が確認された以外の棚氷や氷河の動向についても注意深く監視する必要があります」

克間が答え終えると、次々に手が挙がった。２番目に指名された朝夕新聞の記者が早口で質問した。

「世界の海面が顕著に上がれば、先ほどのお話では場所によっては相当に海面が上昇します。そうなると大津波級の津波が押し寄せると考えるべきでしょう。だとすると、太平洋とかインド洋の島しょ国や低地にある世界の大都市が浸水したり水没したりする危険にさらされるのではないか。そうだとすれば、差し当たってどんな対応が必要か、についていかがでしょうか」

　案の定、質問の内容が緊迫してきた。克間が丹田にグッと力を込めて答えた。

「海面水位の上昇は、場所によって平均値より大きく出るのは明らかです。津波は陸に近づくと前につかえる形になって、波高が一気に高まる。これに注意する必要があります。さらにフィヨルドのような地形や高潮だと、上昇幅は一段と大きくなります。したがって海面水位が一定程度上昇するといっても、その影響は場所によって大きく異なります。ある意味、ここが警戒を要するところです。〝大したことない〟とタカを括っていると、意外な大津波になる可能性があります。場所や高潮によって危険性が格段に高まる、ということです」

　克間の応答に、朝夕の記者が食い下がった。

「というと、東日本大震災の時と同様に危険性を十分考えなければならない、ということですか。３・11では津波の高さが10メートルをゆうに越えて押し寄せたところもあって被害を大きくしました。そういう危険性を考えなければならない。そう考えてよろしいでしょうか」

「そう考えてもらって結構です」

　克間がきっぱりと答えた。

「用心に越したことはありません。未曽有の気象異変ですから、注意深く迅速に対応する必要があります」

　克間が、踏み込んで答えた。内心、（ここまでは率直に話したほうがいい）と考えていた発言内容だった。

次の質問は、克間が一度取材を受けたことのあるアジア通信のベテラン科学記者だった。

彼は棚氷の崩壊の原因と地球温暖化との関連、今後の見通しについて質《ただ》した。

「ロスの崩壊はショックでした。急速な崩壊という印象ですが、安定していたかに見えた南極の気候が急激に温暖化した結果と考えていいでしょうか。もしそうなら、ほかの棚氷の崩壊も時間の問題と考えますが、いかがでしょうか。

もう一つ、温暖化が南極西側で進行する原因についてご説明いただければ、と思います」

「たしかにロスの崩壊は突然のことで衝撃でした。南極の西側での温暖化は近年、顕著で、これが棚氷崩壊の原因の一つであるとみられます。南極は地球温暖化とは無縁の聖域と言われた時期もありましたが、2016年に400PPMのCO$_2$が観測された頃から急激な変化が表れました。西南極が温暖化し、東南極が比較的安定しているのは奇妙な現象で、原因は解明されていませんが、西南極の温暖化が進み、氷床・氷河が融けやすい環境にあるのは事実です。今回の棚氷崩壊はその表れと言ってよいでしょう。

西南極の棚氷が脆いのは拠って立つのが必ずしも陸上の岩盤ではなく、海面下にあって海に露出している棚氷の下底が海洋の温暖化で融け、陸上の表面部分は気候温暖化で融ける——こういうメカニズムが働いているため、と考えられます。

そうだとすれば、西南極の棚氷はいずれも崩壊しやすい環境にあり、地球温暖化が進めば崩壊の危険性は高まる。そのような見方も可能になります」

克間が断定ふうの言い方を避け、慎重に発言したのには、相応の理由があった。地球温暖化と人間活動の因果関係を疑ったり否定する学者が依然、世界に広く存在するためだった。とくにトランプ政権のアメリカで、地球温暖化を巡る懐疑・否定派の学者の発言は再び活発化していた。その共通項は「気候変動は複雑な要因から成る」として、温暖化の進行と人為起源に関して「断定できない」というものだ。プロの予報官として言い回しに慎重を期すのは当然だった。

次いで質問に立った夕刊紙ニッカンジャーナルの記者が、単刀直入に訊いてきた。

「お話を聞いていると、ズバリ世界中で水没騒ぎが起こるのと違いますか。いま東南アジアのバンコク、ジャカルタ、ホーチミン、マニラで水没の危機が騒がれていますが、海面が急上昇すれば本当に水没してしまうのではないですか。

こういう都市は地下水のくみ上げでひどい地盤沈下が起こっています。一部は海面よりも低くなっている。これに集中豪雨が加わって水没の恐れが出ている。現に大洪水が頻発しています。地球温暖化が影響していると言われます。温暖化で融け落ちた南極の氷が津波となって、水没しそうになっている東南アジアの都市に押し寄せれば、大災害になる恐れがある。この危機をこれらの国に一刻も早く伝えなければならないと考えます。この点、いかがでしょうか？」

記者がまくしたて、前の席の記者が一斉に振り返った。

克間が努めて冷静に言った。

「海水面が急上昇すれば、所によって水没の危機が発生します。これは憂慮すべきことで、各国が真剣かつ早急に地域ごとに対策を講じなければなりません。われわれとしてなすべきことは、――」

そう言うと、克間はひと息入れて当の記者の目を見た。

「なすべきことは、危険を早く、十分知らせ、危険地帯からの避難を促すことです。各国政府が海辺に近い低地に居住する住民をまずは避難させる。これを可能な限り早急に実施しなければ災厄に巻き込まれることは必至と考えます。

この喫緊の対策は政府や自治体が取り組まれることになりますが、われわれとしては事態の重大さを細大漏らさず政府と国民の皆さんにお知らせすることに全力を尽くす所存です」

克間が率直に危機感をにじませた。

最前列中央で手を高々と挙げた大手通信社の科学担当記者が、次に指名されてのっそりと立ち上がった。

「発表の最後にひと言触れられたグリーンランドの異変についてお伺いしたい」

発表では、グリーンランドの氷河崩壊については付け足しの形でほんのわずか触れられただけだった。理由は、南極の事態に比べ影響は小さいとみられたのと、状況はなお流動的で、正確な把握ができていないためだった。

長身の記者が、よく響く声で問い始めた。

「グリーンランドはかねてから世界のほかの地域のほぼ2倍の速さで温暖化が進んでいます。今回のヤコブスハン氷河の崩壊は、その象徴的な現象と言ってよいと思います。これからも氷床・氷河の消失が続くと考えられますが、その意味で、南極と同様に世界の環境危機と捉える必要があります。世界の真水の7％近くは、グリーンランドの氷床に含まれるといわれていますから、これが融けたら世界の海面上昇に大きく影響します。

ここで南極ばかりでなく北極の危機も同時進行していると考えるべきだと思います。したがって発表の仕方も、南極とグリーンランドの危機を関連させ、内外に発表すべきではないでしょうか」

記者が克間と同じ考え方を述べた。克間は内心（よく分かっているな。君の言う通りだ！）と思ったが、これを胸の内にしまって言った。

「グリーンランドの状況はまだ流動的な段階で、今後状況が確認され次第、発表していきます。南極と共に北極域にも異変が生じているのは事実です。双方とも地球温暖化に関連した出来事ですから、このことを念頭に発表の仕方を検討していきます」

克間が南極と北極の大異変の関連性を明言した。

15. ノアの箱舟

内閣官房長官の幸田佐吉は、気象庁から第一報と共にブリーフィングを受け、(これは重大事だ)と覚った。直後に米CNNとABC放送が、南極の棚氷の崩壊に続き、グリーンランドでも氷河崩壊、と速報したことを知った。

5分後、幸田は官邸の執務室で首相の山口信吾と緊張した面持ちで対面していた。山口はすでに補佐官から情報を得て、異変のあらましをつかんでいた。

「……という状況と聞いています。とくにロス棚氷は日本よりも巨大なだけに崩壊の影響は計り知れません。世界の海面の急上昇を引き起こしますが、ロスの全てが崩壊したとなると、最悪の場合、海面は平均10メートル以上上昇するだろうとの試算も出ています。そうなると、わが国の場合、太平洋沿岸部の東京、大阪、名古屋、仙台など大都市は軒並み、津波の直撃を被ることになる。少なくとも海抜10メートル以下の都市部はもろに浸水を受け、水没する可能性も高まります」。幸田が声高に言った。

山口は黙って耳を傾けていたが、やおら椅子から立ち上がり、夢遊病者のように歩き出した。

「すぐに決めなければならない。優先しなければならないことは……」とつぶやいて歩みを止めた。

「幸田君。南極発の津波はいつやってくるのかね」

「専門家の推定では、ロスが完全崩壊すると、大変なことになります。1カ月で大崩壊すると仮定しますと、それまでの津波に加え決定的に大きいのが1カ月プラス3～4週間くらいで押し寄せるのではないか、と試算する専門家もいます。ロス棚氷から日本まで約2万キロの距離。津波が上陸した時並みの時速30～40キロを想定した計算のようです。ロスの崩壊の具合で、もっと早まる場合もあり、持ち時間はあまりない。見通せない状況ですが、沿岸部の住民の全てを内陸部の安全な場所に避難させる準備を急ぐ必要があります」

幸田が先刻、書きなぐったメモをチラリと見ながら続けた。

「1960年のチリ地震津波の時は、想定外のスピードで被害を大きくしました。なんと22時間半後に日本に津波が押し寄せています。ハワイには15時間後。津波の平均時速はおよそ780キロメートルだったそうです。ジェット機並みの速さです。専門家は津波の伝わる速さは発生源の海の深さに比例すると言っています。日本では三陸海岸沿岸を中心に、死者・行方不明者140人以上を出しています」

「子どもの頃だったが、チリ地震のことは微かに覚えている。たしかマグニチュードは9を超えていたな」

「過去最大の9・5でした。津波の高さは三陸海岸で最大6・4メートルと記録されています。津波襲来のスピードが読めずに、緊急警報が遅れて大被害をもたらしました。この時の教訓から、緊急対応の準備にただちに取りかかる必要があります」

幸田の顔が紅潮して首相の反応を窺った。

「よかろう。すぐに取りかかろう。防災委員会をいまから招集して対策を検討しよう。ただし国民にパニックを起こさないように、発表は慎重にやる」

山口がエンジンが掛かったように、相次いで指示を出した。


どう見ても、残された時間は限られてきた。南極発の津波が来襲すれば、太平洋の島々はいっぺんに呑み込まれてしまう――白井は太平洋の地図を広げながら確信した。

（1960年のチリ津波の記録では、ハワイ諸島の惨状が際立っていた。ハワイ島のヒロ湾には、最大で高さ10・7メートルの津波が押し寄せた。岩手県大船渡市を襲った津波は高さ4・9メートルとあるから、その倍以上の大津波だ。死者も61人出ている）

白井は当時の災害略史に目を留めてつぶやいた。いま、元同僚の計らいで気象庁の資料室で調べモノをしているが、こうやって独りゆったり思索する楽しみも今後は持てそうにない、と思うとふとわびしくなった。

「請求された資料です」。背後からの静かな声に振り向くと、中年の女性職員が分厚い書類を差し出した。『1960年チリ地震津波全記録』と表紙に書かれてある。

（やはりきちんと保管されてあったのだ）。白井は礼を言って受け取ると、目次を素早く追って「ハワイ島の被害」と記されたページをめくった。

目を走らせるうちに、意外な事実が見つかった。最も深刻な被害を被ったヒロ湾でのエピソードである。

当時、15歳だった少年が、津波に備えて自ら特別に作った船が彼の生命を救ったという。ヒロ湾のおびただしい死者のほとんどは、津波が来ることさえも知らなかった。津波の到来はあまりに早かったため、町は警報を発するヒマもなかった。ヒロの住民はあっという間に津波に呑み込まれ、流されたのだ。

少年の名はジョージ・キアロハ。周辺の〝津波だ！〟の叫びを聞いて裏庭に置いた自作の船に急いで乗り込み、危機一髪で難を逃れたという。両親と妹は津波に呑まれ、死亡した。少年は自作の船を「ノアの箱舟」と呼んでいた。

このエピソードを当時のハワイ島タイムズ紙が伝えていた。

（ジョージ・キアロハ。いまも生きているかな。生きていれば73か74のはず……）。白井はキアロハの年齢を数えてみた。

暫く想像するうちに、一つの人物像がくっきりと浮かび上がってきた。

（彼はきっと生きている。少年のまま、いまも夢を追って……）

どういう理由《わけ》か自分でも分からなかったが、こういう確信に至ったのだった。

（そう、はっきり見えてきたのは、彼はかつて執念を燃やしたノアの箱舟作りのことを決して忘れず、さらなる改良を考え続けている姿だ。彼の哲学の柱は、自分と人間たちの生命の救済なのだ。彼の経済状態はきっと変わりばえしてないだろう。彼の想像力は、おそらく相変わらず翼を持って、自由に精神の王国を飛び回っているのだろう。誰よりも本質、豊かな人間に違いない）

白井は自分の想像力を研ぎ澄ました。

翌日、白井はハワイアン航空でハワイ島に飛び立った。ヒロ湾に住むジョージ・キアロハに会うためである。ヒロは人口約20万人を数えるハワイ島の東側最大の町で、西側最大のコナと好一対を成している。

ハワイ島は、ハワイ諸島最大の島で、観光で賑わうワイキキで有名なオアフ島の南に位置する。文字通りの火山島で、海岸に至るまで黒い溶岩の塊が連なる。そこに標高４２００メートルに達する休火山のマウナ・ケアや、いまなお活動を続け、クレーター内で白煙を上げチロチロと舌を出す炎が見えるキラウエアなどの山々が聳える。キラウェア火山は18年5月、94年ぶりに爆発的噴火を起こし、火山灰が上空９１００メートルまで吹き上がった。ハワイ島は、数万年にわたって繰り返し火口から流れ下った溶岩がつくった島なのである。

しかし降雨の多い地域では、植物が「ジェラシックパーク」のロケで見るように繁茂した。今日ではパパイヤ、マンゴー、パイナップル、アボカド、サトウキビ、コーヒーといったトロピカルフルーツや農作物にたっぷり恵まれた楽園を想わせる島となった。「こんにちは、ようこそ」という意味の「アロハ」が、旅行者の耳に心地よく響く。

キアロハの住む家は、ヒロ湾沿いのダウンタウンにあった。そこから徒歩で7、8分のところに「パシフィック・ツナミ・ミュジアム」がある。津波に関する知識を広げ、今後の防災に役立てることを目的に設立された博物館だ。ヒロは1946年と1960年に大津波に襲われ、死者・行方不明者多数を出している。

コナからフォードのレンタカーを駆って大雨の降りしきる中、約3時間をかけキアロハの家に着いた時、雨は上がり、彼は裏庭で箱舟の手入れに没頭していた。近所の子供たちが家の前に集まっていて、白井に「庭のほうにいる」と指を差して大勢で案内した。あとで分かったが、子供たちの何人かは、両親が間借りしているキアロハの古風な大邸宅の一角で暮らしているのだった。

ガヤガヤと騒がしい子供たちと家の脇の通路から裏庭に入ってみると、奇妙な箱舟の姿が目の前に広がった。キアロハが、騒ぎに気づいて振り向いた。白井と分かると、巨体を揺すって大股で近づき、白い歯がニッとこぼれた。

「会えて嬉しい」と言うなり、大きな双手を広げ、白井をギュッとハグした。

「ジョージ、あなたはあの時のままか」。白井が微笑んで品のいい白髪の老人となったキアロハに尋ねた。

「ハハハ、もちろんだ。時は去ったが、自分は変わらない。見てくれ、これが新しい箱舟だ。

ほとんど完成した」

白井が視線を箱舟の方に走らせた。縦25メートル、横幅15メートルはありそうな、ずんぐりとした木製の船で、窓の並び具合から見て3階建てらしい。進むのは難儀だが、海に浮かべるのにはふさわしい――そういう形をしている。

「素晴らしい！　ひと目でノアの箱舟の現代版と分かる。どんな洪水にも生き残れそう」

ジョージの表情が微笑んだが、すぐに曇った。

「準備を急がなければならない。大洪水がもうすぐやって来る」

そう言うと、黒雲が走る空を見上げた。ヒロは降雨量の多いことで知られる。1時間ほど前まで大雨にたたられていた。

「残された時間はあまりない。空と海の様子がおかしい。大洪水がもうすぐやってくる」

ジョージが繰り返した。

白井がジョージを見据えて切り出した。

「南極のカリフォルニアよりも大きいロス棚氷が崩壊したのは、ご連絡した通り。この影響でハワイにも津波がいずれ押し寄せる。いつ、どの程度の津波か？　ロス崩壊の程度によって、津波の規模と襲来時期は変わってくる。が、もうすぐ大きいのがやって来ると用心しておいたほうがいい。少年の頃のチリ津波よりも、もっと大きいのが来る恐れがある」

白井は話しながら、チリ津波がヒロ湾を波高10・7メートルもの勢いで押し寄せた記録を思い出していた。じつに東日本大震災並みの大津波だ。

「チリ津波の時は突然襲って来た。浜にいて、大急ぎで箱舟に駆け込んで難を逃れた。ギリギリで間に合った。今度のはどんなやつかな。空と海を見る限り、その時は近いな」。老人がまたチラリと空を見やった。

「状況は進行中で流動的です。アメリカの気象当局も事態をつかんでいない。どうなるか、まだ誰にも分かっていない」

白井はチリ津波の教訓を基に、避難対策を急がなければならない、と考えた。チリ津波のように時速780キロで津波が襲ってくるようでは、いますぐに着のみ着のまま逃げるしかない。しかし幸いチリ津波とは状況が違った。深海で発生した津波ではなく、海への〝氷の山崩れ〟である。

これがいま、どのくらいのスピードで太平洋を渡っているのか、どの国際機関もまだつかめていない。仮にチリ津波の10分の1に相当する、時速80キロほどのスピードで来るとしたら、ハワイに8日程度で到達するだろう——と白井は試算してみた。

「ところで、ジョージ」。白井はかねてから聞いておきたかったことを持ち出した。

「これだけ子どもたちが大勢集まるくらい、ジョージの箱舟は地元で評判なんだ。期待されているんだろうね。ヒロ市は箱舟プランをバックアップしているのかな？　箱舟を使った避難計画をジョージと協力して進めていればいいが……」

ジョージは一瞬、肩をすくめて言い放った。

「箱舟に乗せてくれとせがむのは、子どもたちだけだ。市長も議会も無視しているよ。むしろ市の防災計画を妨害すると考えて、邪魔もの扱いだ。町中がおれを頭のおかしい妄想狂の類と思ってる。最近、地元のニュースで取り上げられたが、面白おかしく茶化していた。〝本気で数十年かけて建造している熱意には本当に頭が下がる。だが正直に言って、箱舟はロマンチックだが危険だ。大津波を生き延びる作りになっていない〟と」。そう言うと、白い歯をむき出しにした。

（理解されてない？　無視されてる。そうか、ユニークすぎて凡人の発想の枠に収まりきれないんだ）

白井は突然、納得がいった。ジョージ・キアロハがますます偉大に思えてきた。

ジョージは、回りの子どもの中で腕白そうな10歳くらいの男の子の頭をなで始めた。

「この子、ボブは乗船が決まっている。〝必ず乗っけてくれ〟とせがんで船作りを手伝ってきた。このペンキ塗りもきれいにやってくれた」

白井が見ると、船体に白字で「ノア2世号　大いなる明かり」と書かれてある。

「この子の親も〝いざという時は頼みます〟とボブを預けてきた。ボブは子どもたちの副隊長になる。ほかに3人の少年と4人の少女が両親の許可を得て、乗り込むよ。大人では若夫婦と恋人が1組ずつ。人間の定員は全部で12人。動物が牛、馬、豚、犬、猫、鶏、鳩をオスとメスのつがいで。あとは食糧と飼料と燃料と道具。ノア2世には小型エンジンが付いているから、嵐のあとは50日は航海できる。新天地を求めてね」

ジョージが自信満々で言った。

「ところで……」と真顔に戻った。

「大洪水は近い。空も海も荒れてきた。あと数日でやって来るだろう」

ジョージがまた海の彼方を見やった。

白井が目を走らせていたスマホから顔を上げて言った。

「たったいま入ってきた情報では、フランス政府がいち早く腰を上げた。フランス領ポリネシアには、118の島がある。このうち半分強の島にタヒチ島を中心におよそ25万人の住民が住んでいるそうだ。フランス大統領は住民を緊急避難させる検討に入った。輸送先の候補地にオーストラリアとアメリカが上がっているようだ」

ジョージの目に緊張が走った。

「ポリネシアで一斉避難？　タヒチもか。来るべきものが来た。とうとう来た」

ジョージの唇が震えた。それから決然と言った。

「タヒチが波に呑まれればハワイも同じだ。町は全て水没する。住民は海沿いに住んでいるから逃げなければ全滅する。ここは火山だけしか残らない。一刻も早く行動に移らなければ」

「ジョージ、見たところこの船は、安定性抜群のようだね」。白井が箱舟を眺め回して目を細めた。

「そうさ、引っくり返らないように、どんな嵐にもめげずに浮かんでいられるように工夫したよ」

ジョージは自慢げに言うと、付け加えた。

「ノア2世は1世と同じ、大海を進むのではなく漂って生き残ることが目的だ。『ノア』とは本来『休息』という意味だ。自然と共に生きるのが、箱舟のコンセプト」

「なるほど」と白井はうなずいた。「自然との共生――このコンセプトがジョージの船づくりにも見事に生かされたわけだ」

白井がノア2世を精査するように見ながら、このずんぐりむっくりした船体が嵐にもまれながら悠然と漂う姿を想像した。（たしかにノアは、豪雨と強風に翻弄されながらも漂い続けて生き延びるに違いない……）

「この上は早急に準備を完了して、その時を待つことだ。ぼくのほうは帰ってジョージの周到な対策の完了を世に知らせて、危険への備えを促す。この期に及んでも〝大したことにはならない〟とか〝大騒ぎすれば国民にパニックを起こす〟とタカをくったり、対策に及び腰になる政府関係者は多いだろうからね」

白井が自らの計画を明かして続けた。

「ノア2世は地球温暖化へのシンボリックな対応だ。大洪水に備えて史実に沿った創造的なレスポンスと言っていいだろう。きっとうまくいく。今日、現物を見て確信した。ノアは海を漂ったあと適当な陸地を見つけ、再生の道を歩み出す、と」

「ぼくの信じるところを君は信じてくれた。ここにいる子どもたちのようにね。キヨシ、君は最上の友だ！」

ジョージは叫んで、ごつい手を差し延べた。

Ⅳ

南極メルトダウン

16. 氷河崩落

ジョージ・キアロハの話を聞いて白井のハラは固まった。南極崩壊の危機を誰よりも知る者として、特別のミッションを果たさなければならない。

ジョージと会ったその日の夕、ハワイアン航空で白井はハワイ島を発ち、慌ただしく東京に舞い戻った。自宅に着いて間もなく克間から電話が入った。

その声が耳を刺した。

「最悪だ！　アムンゼン海に注ぐ大氷河が突然、崩れだした。ヘタをすると西南極の氷河がどんどん海に落ちる」

「まさか！　パインアイランド氷河のことですか？」

「そいつだ。数年前に棚氷が氷河から切り離されて流れ出たが、ついに氷河が支えをなくして崩壊を始めた。衛星画像が捉えた。崩壊は拡大中だ。パインアイランドが崩壊すれば、次も危ない」

「次というのは、西南極のスウェイツ氷河のことですか？　近く国際的な現地調査を始めるようですが。この氷河が融けるだけで、世界の海面が1メートル以上も上昇する恐れがあると言われています。これも危険な状態にあるのですか」

電話の向こう側から微かな息づかいのようなノイズが漏れてきた。

克間のかすれ声が聞こえた。

「そうだ。最悪の事態が始まった。われわれが予想していたより融解は急速に進んでいる。最近の調査で確認された。暖かい海流が棚氷の下に流れ込んで、底から氷を融かしていることが。われわれは気候の温暖化で陸上の氷の表面が融けることに注意を奪われ、棚氷の下で進む融解の実態は知らなかった。これが最悪の事態をもたらしている」

白井は克間の声が不安で震えるのを感じた。克間が先を続けた。

「〝下からの融解〟が進むと棚氷は急に脆くなって、自分を支えきれずに崩壊しやすくなる。氷に何本も入りだす亀裂が崩壊の前触れだ。パインアイランドでは、数年前から海底と棚氷の間の隙間に暖かい海水が入り込み、棚氷の底辺部を融解させていた。この融解が進めば、遅かれ早かれ棚氷が崩れ、これがせき止めていた後ろの氷河も崩れる可能性が高まる。

しかし、これほど早く氷河の崩壊が起こるとは……」

克間のため息が伝わってきた。

「ナショナル・ジオグラフィックで読むまでは、ぼくも氷の〝下からの融解〟の脅威についてピンときませんでした。氷が急に下から融けてきている」

「その通り。最新の実地調査結果では、もっと恐ろしい事態も予見されるようになった」

「もっと恐ろしい事態？」

「そう、破局的な事態。近いうちに起こりうる」

克間がそう言うと、電話越しに白井の反応を窺った。

「まさか……」。白井が言いかけて絶句した。

克間がゆっくりと噛みしめるように語りだした。

「察しの通り、東南極が危なくなっている。これまで、安定していて永遠に変わらないとも思われていたが、じつは極めて脆くなっていたんだ。われわれは温暖化が進む半島や西南極にばかり注意を向けていたが、ここ数年で東南極の氷が急速に融けていた。下から浸入した暖かい海流によってだ。南極は観測地点が少ないから、気付くのがすっかり遅れた。われわれは皆、西南極の陸上の氷の表面ばかり見ていたんだ」

「つまり、棚氷だけでなく氷床も下から融けて崩壊する危険がある、それも氷の量が圧倒的に多くて厚い東南極でも、崩壊の可能性が高まってきた。そういうことですか？」

「そういうことだ。地球上の氷の大部分がある東南極の氷床が、崩壊することになれば……」

克間はそう言いかけて、何か恐ろしいものを見たように口をつぐんだ。

「目の前に、氷河が海に崩れ落ちるのが見える！　白井君、いよいよアポカリプスだ。人類の終わりだ。いや、地球もいったん大洪水で幕を閉じるのかもしれない」

克間の声が上ずった。

白井は「アポカリプス」と聞いて、南極を巡る現状認識が克間のと完全に一致していることを知った。いや、危機意識において一致していると言ったほうが、より正確かもしれない。最新の知見では、南極はもはやかつての安定性を失い、大氷床の融解に向けて動き出したようだった。西側に始まり、いまでは東側も揺らぎ出した。

白井は以前から２０１３年に発表したＩＰＣＣ第５次評価報告書の一節が、気にかかっていた。この一節を再び思い浮かべた。

それは、世界の海面水位の上昇が「可能性の高い範囲を大幅に超えて引き起こされ得る可能性」に言及していた。そして、それが生じるのは「南極氷床の海洋を基部とする部分の崩壊が始まった場合」だと指摘していた。

このことの意味が、いまようやく理解できたと白井は思うのだった。ＩＰＣＣが言及した可能性が、最新の無人潜水機を使った現地調査や衛星観測で裏付けられたのだ。

西南極南西のアムンゼン海に面したパインアイランド棚氷。一つ目の割れ目が裂けて２０１５年７月から崩壊を始め、翌年９月には二つ目の割れ目から完全崩壊して海に流出している。

米調査チームによる再三の現地調査で分かってきたメカニズムは、海面下６００～９００メートルの深さに海底谷があり、そこを通って棚氷の下を暖かい海水が浸入して棚氷の底面を融かし続けたことだ。棚氷の下に流れ込んだ暖かい海水は、棚氷の先端から数十キロも内陸寄りにある、氷河と棚氷の境界線（接地線）深くにまで浸入した可能性がある。

（そうなると、棚氷は薄く脆くなって早晩、崩れる。流動する氷河は棚氷によってせき止めら

れていたが、これが支えを失ってひび割れ、崩壊するのも時間の問題となる）

南極全体の棚氷が融ける量は1年間に、１９９４年には25立方キロだったが、２０１２年には３１０立方キロに12倍以上に増えた、との調査報告もある。アムンゼン海沿いの氷河は、どれもいずれ崩壊は避けられない、とみる研究者の声も聞こえるようになった。

パインアイランド氷河だけではない。スウェイツ氷河、ポープ氷河、スミス氷河と、どれも似たり寄ったりの状態だという。

（問題は……）と白井は推理を進めた。（これらの氷河と棚氷の接地線に向かって暖かい海水が浸入していくが、これがいままでは内陸奥深くにまで食い込んできたことだ。暖かい海水は、まさしく大氷床の中央部に向かっている）

アムンゼン海の水温は南極半島周辺よりも冷たい。そこでの最新の調査で、棚氷の下からの融解が意外なほど急速に進んでいることが明らかになったのだ。そうしてみると、場所によって気温や海水温の違いで多少の差はあるが、南極全体として氷の融解が予想以上に早まっていると考えていい——白井はこういう結論に達したのだった。

白井が興奮する克間を制した。

「恐ろしい事態だと分かりますが、ここは冷静に対処しなければと思います。まず高い可能性についてですが、パインアイランドは崩壊中で、これに続いて同じアムンゼン海沿いのスウェイッ氷河ほか二つの主要氷河も危ない、近く崩壊する可能性が極めて高い、ということですね？」

「その通り」。克間が落ち着きを取り戻して答えた。

「さらに東南極も、予想以上に棚氷・氷河が下から融けて、かなりの可能性として多くの崩壊が近い？」

「その通り、かなり近い」。克間が相づちを打った。

「その一つにトッテン氷河がある、とみてよいでしょうか？　東南極最大級の氷河のトッテンの崩壊が近いと」

「そう考えていい。氷の下からの融解が意外にも東南極でも同時進行している」

「崩壊のタイムラグは、どの程度でしょうか？　仮に一番早く崩壊するパインアイランド氷河から第2、第3の氷河の崩壊まで、どのくらい日数がかかるか。この見通しによって避難の緊急性が変わってきます」

「なるほど……しかし正直言って、それは神のみぞ知るだ。はっきりしていることは、同時多発的に起こりうる可能性を想定して、緊急に対応する必要がある、ということだ」

　克間が声を絞り出すように言った。

「では想定として、1カ月間隔ぐらいで次々に起こりうるとして対応する。1カ月から半年後くらいまでに、氷の崩壊に伴う津波が波状的に発生し、北半球に向かい押し寄せる――こういう最悪シナリオを想定して政府と世界に向け、われわれの危機認識をすぐに発信してはいかがでしょうか」

白井が一気に踏み込んだ。

「君の助言通りにしよう。しかし問題は、最悪のシナリオをどう描くかだ。それをどう説明するかだ。有識者会議を開いて検討しているヒマはない」。克間がぼそりと返した。

「では、こうしてはいかがでしょうか。事態は急を告げています。氷河・氷床のうち半年以内に崩れる恐れのあるものをピックアップして、推定されている海水面の最大限の上昇値をはじく。それを基に最悪の場合、水没の危険が日本の太平洋沿岸の広い地域に生じる、とただちに緊急避難を訴えるのです。

ぼくの試算では、パインアイランド近辺とトッテンだけで海面水位の上昇は5メートル以上になる可能性があります」

克間は5メートル以上と聞いてブルッと身を震わせたが、気を取り直して、数字の根拠を質《ただ》した。

「フム、5メートル以上……なるほど、で、その数字の根拠は?」

「崩壊中のパインアイランド氷河で海面上昇1メートル、トッテンが崩壊すると4メートル、これにパインアイランドに近いアムンゼン海沿いのスウェイツ、ポープ、スミス氷河が加わると、さらにプラスされます。いずれも専門家が試算した推定値です。5メートルは、控えめな数字でしょう」

克間が「なるほど」と同調した。

「この試算数字をまず政府に提示しよう。かなり可能性の高い数字として。さらにブリーフィングでは、本当はもっと深刻な事態もありうる、と伝えるつもりだ」

白井がコックリうなずいて、言葉を継いだ。

「ぼくも全く同感です。もっと深刻な事態がこれに続く、と考えたほうがいいでしょう。ポイントは二つある、とみます」

「ポイント」と聞いて、克間は耳を澄ませた。

「一つは、われわれの予想していた以上に東南極の棚氷が融けていることが分かりました。棚氷の底面を暖かい海水が入り込んで融かしているわけですが、現地調査の結果、この海水が陸の氷河の下を通って中央の氷床に向かっているケースが確認されています。下からの氷の融解はかなり進んでいると考えられる。

氷床の下に淡水が溜まっているとの報告もありますが、この淡水部分が浸入する海水とつながると、氷の下からの融解は急ピッチになる。この新しい知見を真剣に受け止めなければなりません」

白井は自らの研究成果を総括して、危機を解説した。

「もう一つのポイントは、温暖化が大気と海洋とで一定レベルを超えると、突然、環境の性質が一変するティピング・ポイント。このティピング・ポイントを超えてしまったのではないか。そうなると、環境異変は同時多発しても不思議でありません」

白井が南極の環境異変の性質変化を説いた。克間は、漠然と感じていた不安が具体的な形を整えてくるのを感じた。

「なるほど。環境異変の連鎖性、同時多発性。これがいま、南極で起こっている。本当に最悪のシナリオは、まだ先があるな」。克間がしみじみと言った。

「この先は、不確かな要素が入って個人的な推測になりますが」と白井が続けた。

「しかし、大いに起こりうると考えています。それも6カ月内に。これがおそらく一番怖い最終シナリオになるかもしれません」

「最終シナリオ」と聞いて、電話の向こうで克間がオウム返しに「最終?」とうめくようにつぶやいた。

「そう、人類にとって最終になる可能性のある大異変です。恐怖のシナリオの第1幕の主演者は、南にある南極最大の棚氷・ロスの崩壊です。続いて2幕目にロンネと、その東隣のフィルヒナーが登場します。第3幕目に巨大な棚氷の背後にある氷河・氷床の崩落です。結果、地球全体を巨大な津波が相次いで襲うのは必至です。島しょ国は例外なく呑み込まれる。沿岸部の大都市、河口デルタの大都市も水没の危機に見舞われます。この地球規模の大洪水を念頭に、政府は緊急に対策を講じる必要があります」

「了解した。早速、行動開始だ。急の避難となれば、持ち出しに最低限必要なもの——水とか非常食の通知は政府や自治体にやってもらう、これでいいかな」

「それでやっていきましょう。即刻、すぐに。急がなければなりません」

白井が緊迫した声で伝えた。


オルソンはニューヨークからテキサス州デンバーに向かう会長専用の中型ジェット機内で、バーボンを片手に快適にくつろいでいた。3杯目の「ワイルド・ターキー」をオン・ザ・ロックで頼み、半ば目を閉じて前日までのタフな日程を振り返ってみた。

昨日開いた総括会議で、ここ4半期の経営の大成果が確認されていた。執行役員8人ら出席者は、全員一致でマナ板に乗せられた案件に「最高点AA」の評価を下した。なかでもグリーンランド開発プロジェクト「AG」の成功に対して、ふだんは手厳しい上級役員から熱く称讃されたことがひどく印象的だった。

オルソンは眠りかけた、ぼんやりした頭脳のスクリーンに、昨日のあの上出来に終わった会議の模様を再生してみた。

「AG」について担当執行役員から肝心のイヌイットとの交渉がついにまとまり、妥結が近い、との報告があった。東京、モスクワおよびEU本部のあるブリュッセルに潜入したスパイによる「レインコート作戦」も、遅滞なく進行していた。

とくに東京はこの上なく順風満帆だった。エージェントが政府と財界の中枢に食い込み、対日工作「オペレーション・サクラ」は実を結びつつある。画策する共同プロジェクトの成功間違いなし、との報告を受けた。

オルソンが抱く「北極戦略」は全て順調に展開している、との評価で一致した。

オルソンは「何もかもOKだ」と満足げに独りごちると、ひと眠りしようとシートを倒し、アイマスクに手を伸ばした矢先だった。

中年男の筆頭秘書が、揺れる機内を慎重に歩いてやって来るのが見えた。彼が入手したばかりの機密情報文書を丁重にオルソンに差し出した。

電文には「南極ロス棚氷が崩壊。津波を発生。影響を調査中」とあった。発信元はNOAA（米海洋大気局）の当局者である。

「なんだね、これは」。オルソンは一読すると、跳ね起きて声を張り上げた。

「よほどでかい衝撃的なやつかな。そうなら警戒しなければならん。わがサクソンの世界的なネットワークはことごとく各国沿岸部に張り巡らされているからな。

それにしても、南極とは信じられない。北極の動きには前から注意していたが……。南極が危ない、と唱える学者も少しはいたが、こんなに早く来るとは誰も言ってなかった。起こるとしても、ずっと先の話だったはずだ。

大津波が押し寄せるとして、どこが1番危ないのか？」

心配顔の秘書が、図体と不釣り合いなか細い声で答えた。

「ロスが崩壊したとすれば、衝撃波は太平洋を北進していきます。はじめに影響を食らうのは南極に近いオーストラリア、ニュージーランドでしょう。多くの港湾に当社の石油・ガスタンクやタンカーが密集しています。これが被災する可能性があります」

「ロス棚氷がバカでかいことは聞いている。そのどこまでが崩壊したのか。ホワイトハウスからは何も言ってこないのか。

本当に完全に崩れたとなると、相当に危険なことになる。世界の海面が跳ね上がる。たとえば、オーストラリア。メルボルンが最初の一撃を食らう。あそこにはわれわれの大切な資産がある。対応を急がなければ。

デンバーに着いたら、すぐに幹部会を招集する。緊急対策を発動し、資産防衛の準備を急ぐようにアトキンソンに伝えろ」。オルソンがだみ声で命じた。

「了解しました」。秘書は声を大きく上げると電文を受け取り、踵《きびす》を返して秘書席に消えた。

17. 北上する津波

「高さ5、6メートルとみられる津波が南極方向から北に向かって時速70キロから100キロほどのスピードで進行しています。日下、ニュージーランド沖に接近中です」

克間がこの通報を部下の日下部高造から聞いた時、問い返しもせずに即座に日下部に訊いた。

「すると、日本にはいつ頃来るの？」

「日本の太平洋岸に達するのは、早ければ20日後くらいと予想されます」

「緊急避難しなければならないディザスターだな。チリ津波と同様に考える必要がある」

克間が妙に冷静で、開き直っているように、日下部は感じた。

「なあ、こんな形で大破局が突然訪れるとは、文明人の誰もが予想していなかっただろうな」

克間が気象衛星画像を見ながら言った。

「はあ？」。日下部が不意を突かれたように、返答に窮した。

克間がことさらに「文明人の誰もが」と言ったのは、白井から聞いて知ったハワイ島に住むキアロハのことを意識したからだ。彼は文明人とは異なり、大自然の鼓動を感じることができる。大自然と交流・対話ができる。

「文明人ですか？」。日下部がようやく怪訝な顔で問い返してきた。

「そう、文明人は大都会人となって、自然との交流を失ってしまったからね。自然をすっかりないがしろにしてしまった。彼らが大自然に感動するのは、休暇を取って山や海を訪れた時くらいだ。

神は自然に宿る。この神は、時に悪魔となって人間に罰を与える。神とコミュニケートしていなかった人間どもは、不意打ちを食らって大慌てとなり、パニックを起こしてへたり込む。こういう図式ではないかな」

克間はいまや余裕を持って、緊迫した状況を楽しんでいるように、日下部には思えた。

怪訝の表情を解かない日下部に克間は語り続けた。

「一報の手配は全て終わったね。なら、画像をフォローしながら、もう少し会話を続けよう」

日下部は克間の様子に面食らった。いつもは会話の「カ」の字もないほど寡黙なのに。（きょうの克間さんは、どこか違う……）

日下部が思い切って切り出した。

「あの、一つよろしいでしょうか？　ぼくは正直、パニックを起こして頭の中は真っ白ですが、部長はどうしてこうも冷静にいられるんでしょう。不思議です。怖くはないんでしょうか」

「正直、ぼくもこの前まで怖いと思った。でもいまでは恐怖の感情は去った。以前、怖かったのは、この事態を想像していた時だ。あれやこれやと悩んで不安から夜も眠れなかった。だが、実際こう現実に起こってみると、なぜか心が落ち着いて仕事に集中できる。ある意味、かつてないほどの充足感を感じているよ」

克間がいつにない快活な口調で言った。

「また大変だ」。白井のケータイに克間の高い声が響いた。「海が止まったんだよ」

白井が思わず声を上げた。

「なんですって？　海が止まった、海洋大循環がストップしたということですか？」

「そのようだ。カナダの学者が『ネイチャー』に発表した。どうやら、ほとんど停止状態にあるようだ」

「それは困る」。白井が声を荒らげた。自分が愛する海洋が変調を来たすのは、白井にとって他人事《ひとごと》ではない。

海洋大循環とは、地球を大きく巡って循環する海の動きである。暖かい海水面の表層水と、冷たい海の底の深層水が地球を巡って混じるが、この大循環は約2千年かけて行われる、と考えられている。

その原動力は、海水の温度と塩分の違いにより生じる海水の沈みこみで、熱塩循環とも呼ばれる。海に融け込んだ大気の熱を海の深層へ運んだりして、地球の温度を調節している。

この大循環の元になっているのが、北極域と南極域だ。極地では海が凍る時に水だけが凍って塩分を残すため、海水の塩分濃度が濃くなって重くなる。同時に海水が冷やされて重くなる。この二つの要素が、表層水の沈みこむ原動力になる。

北赤道海流に発するメキシコ湾流を見ると、気温の高い赤道付近の大西洋を暖流として北上する途上で、海水が蒸発していき、塩分が濃くなる。これがさらに北上して北極域で冷やされ、塩分と温度で密度が大きくなって、海水は重くなり沈みこむ。

ニューヨーク市を南北に貫くセントラルパーク。ここにかつてこの辺一帯が氷河に覆われていたことを示す岩がある。最後の氷河時代、カナダからニューヨークまで氷に覆われていたのが、急激な温暖化でいまのような緑あふれる地に変わったのだ。当時、数十年で5度から7度という気候の温暖化を招いた原因は、氷床が崩れて大西洋に落ち、海の寒冷化を招いたところに南からの暖かい海水が流れ込んで海洋循環を促し、急激な温暖化が進んだため、といわれる。

温暖化によって、極地域が暖められると、海水が冷やされなくなる。氷が融けると塩分も薄められる。すると、表層水が沈みこまなくなり、海洋大循環が止まってしまう。

海洋大循環が止まると、どんなことが起こるか。海洋大循環は、上がアツアツの熱湯、下が氷のように冷たい水の大風呂をかき混ぜるような働きをする。赤道近くで温められた暖かい海水を寒い極地域に運んで極地域を温暖化する。この熱を運ぶ大循環が弱まったり止まるようなら、ヨーロッパは一段と寒冷化し、赤道近辺はますます暑くなる。

北海道より北に位置するヨーロッパの国々が、東京付近とほぼ同じ気温なのも、海洋大循環が働いているお陰なのである。

いつも冷静な克間の声が上ずった。

「それにしても、こんなに早く起こるとは！　その論文はまだ読んでいないが、海洋大循環が止まったとは考えられない。おそらく大きく弱まったか、循環の流れを変えてしまったのだろう。ただ、もっとずっと先の話と考えていたが。

これに、南極の氷河・氷床の崩壊が関係していることは間違いない。地球の傷みがこれほどひどく、いつの間にか瀕死の重傷を負っていたとは」

克間の嘆きが響いた。白井が聞き終えると、ボソリと言った。

「いよいよアポカリプスですね。目をつぶって、事態が収まるよう天に祈るしかありません」

キアロハは目録を点検し終えると、目を細めてつぶやいた。

「これで準備完了だ。いつでも出発ＯＫだ」

箱舟の中から豚やら鳥の声が響く。降りしきる雨が、箱舟を打つ。

ケータイが鳴った。取ると、白井の声が聞こえた。

「キアロハ、ついに津波がやって来る。南極発で北上中だ。ヒロにいては危ない」

キアロハは驚きの反応を何一つ見せずに言った。

「おれには分かっていた。間もなく洪水になるってことが。大丈夫だ。準備は整った。子どもたちを乗せて完了だ」

「あなたは救われる。自然の力を信じたお陰だ。ぼくも、気持ちは一緒に箱舟に乗っている。

幸運を」

そう言うと、電話は切れた。

白井の頭は、次々に入って来る情報で混乱していた。

海洋大循環の停止に続いて、第2次津波発生の情報が克間から届いた。それは第1次を上回る、大きく強烈な規模とスピードで、北上しだしたという。

2回目の津波も、南極の氷の第2次崩落に起因するものに違いなかった。（おそらくロスの第2次崩壊か、アムンゼン海沿岸のパインアイランド氷河か。相次ぐ連鎖が意味するものは……）。白井は頭がグルグル回りながら推理してみた。

（環境がとうとうティピング・ポイントに達したのだろう。もはや地球環境の大崩壊は止まらない……）

この結論を確認すると、白井の心は妙に落ち着いてきた。切腹の覚悟ができたサムライのようだと自らも思った。静かに自分に向き合う心境になったのだ。

白井は気持ちを取り戻すと、妻の理枝に電話を入れた。理枝は今日が35歳の誕生日だった。会社のバースデー休暇を取って自宅にいるはずだった。電話がつながった。

「誕生日にすまない。驚かすようだが、すぐに緊急避難できるよう、持ち物を一番大切なものからまとめておいて。津波が次々に発生して太平洋を渡って来る。最初のがおそらく2、3週間で日本にやって来る」

理枝には見当がついた。数日前に夫から「南極が心配だ。大きな氷河の崩壊があるかもしれない。そうなったら津波が日本にも押し寄せる」と聞いていたからだ。

白井がぶっきらぼうに言った。

「いつか話したように、地球がおかしくなった。南極の氷が次々に崩壊している。また連絡する」

そう言うなり、通話は打ち切られた。

その直後、ＮＨＫテレビの画面に「緊急津波警報」の文字が踊った。やがて中継中のドラマが消え、ニュースアナウンサーが緊張した面持ちで現れた。

「ただいま入った連絡によりますと、――」

白井はこのニュース速報を「遅い！」と叫びながら聞いた。（政府の緊急発表が間もなく始まるだろう。国民はどう受け止めるか。いやこれは日本だけの問題ではない。地球環境の問題だから、世界中の人間がどう受け止めるかだ。そのあと、どう行動するか――人類のエクソダスが突然、始まる）。白井の思考が、ここでパタリと止まった。

（エクソダス？　しかし、どこに逃げればいいのか……）

高波・高潮の研究で知られる岡崎慎一教授は、東京大学本郷キャンパスにある工学部1号館の研究室で南極のロス棚氷が崩壊し、背後の氷河が海に崩れ落ちる映像を繰り返し見た。（これはただごとではない！）と胸が締めつけられた。

この空前の棚氷の崩落は、教授に２３０年近く前の江戸時代に長崎・熊本県を襲った災害「島原大変肥後迷惑」を思い起こした。

それは寛政４（１７９２）年5月に発生した、雲仙普賢岳に近い眉山《まゆやま》が崩落して有明海に流れ落ちた災害である。

この時の津波の発生で、対岸の肥後（熊本県）に5千人もの死者が出たとされる。津波の高さは10メートル以上に及んだと当時の文献にある。「山体崩壊」と呼ばれる山崩れで捲き起こった津波が、突然、有明海を渡って肥後を襲ったのだ。「島原大変肥後迷惑」という言い伝えは、島原の大変な天変地異の災害を対岸の肥後が丸ごと被った惨事を指す。

岡崎は当時とある意味、状況は同じだと感じた。今ふうに言えば「南極大変世界迷惑」ではないか。津波の規模が大きく全世界を揺るがす被害を及ぼすに違いない。

しかし、困ったことにこの前代未聞の津波の大きさと襲って来るスピードが分からない。（海に崩落した氷の体積と落下スピードが分かれば、津波の規模と速度が計算できるのに……）とつぶやいて、岡崎はふと忘れていた連絡に気付いた。

このアメリカ発の映像を日本の関係当局にいち早く知らせ、襲来に備える必要がある。頭の中が白くなりながら、岡崎は気象庁に勤めていると聞いていた白井のケータイに電話をかけた。

つながると、岡崎はいつもの落ち着きを取り戻し、冷静に切り出した。

「東京大の岡崎です。あなたはたしか気象庁で異常気象調査を担当されていると聞きましたが、南極で発生した異変のことはご存じでしょうか」

「わたし、少し前に気象庁を退職しましたが、調査の仕事は独立して続けています。南極でロスが崩壊したとの知らせは入ってます。どの程度の崩壊なのでしょうか？」

「わたしはＮＯＡＡ（米海洋大気局）の友人から送られた映像で一部始終を見ました。どうやらアメリカの観測船から飛ばしたドローンで撮影したようです。これを見る限り、崩壊の規模はかなり大きい。大津波を発生させたことは間違いありません」

岡崎が断言した。

「すると、太平洋を渡って日本にも押し寄せる。そういうことでしょうか」

「映像で判断する限り、そういうことです。かなり大きいのがやって来る、と考えたほうがいい」

「かなり大きい？　どの程度でしょうか」

「江戸時代後期の18世紀末、『島原大変肥後迷惑』というのがありました。眉山が有明海に崩れ落ちて起こした、あの津波です。肥後を襲ったあの津波ぐらいになるかもしれない」

「島原大変肥後迷惑で大変な犠牲者を出した話は知っています。その時の津波はどの程度だったのでしょう？」

「高さ10メートル以上と記録にあります。この大津波が有明海でなく、今度は太平洋を渡って来ると考えなければ。政府に緊急対策をすぐに講じてもらわなければ、太平洋沿岸部の都市はことごとく水没する恐れが間違いなくあります」

岡崎の声がかん高く響いた。

「ロスが崩壊すれば、5メートル程度は全世界の海面が上がると言われた。仮に高さ10メートルの津波なら、所によっては倍以上の波高で襲う。太平洋やインド洋の島の全てが水没するか、沿岸の町は津波に呑まれるでしょう。東京、大阪、名古屋、仙台―日本列島太平洋岸の大都市も同じ運命に遭う。逃れようもない。政府に早急に緊急避難策をとってもらわなければ、大変なことになります」

「了解しました。早速、このことを責任者に伝えます。また、かけ直します」

そう言うと、白井は通話を打ち切って克間のケータイに電話を入れた。が、話し中でつながらない。「クソッ！　なんでつながらないんだ！」。白井は声を荒らげて叫んだ。それから冷静さを取り戻して、克間の職場に電話を入れ直すと副長の加藤が出てきた。

加藤がいつもののんびりした調子で言った。

「白井さんですか？　克間はいま別の電話で、長いことかかりそうです。何？　お急ぎですか。南極の件？　わたしがお聞きして克間にお伝えしましょう」

加藤が白井から話を聞き終えて電話を切ると同時に、克間の電話も終わった。目を充血させた克間に、加藤が話しかけた。

「いま白井さんから南極の件で電話がありました。またかけ直すと仰っていました」。加藤はそっけなく言うと、ジリジリと鳴り始めた別の電話の受話器に手を伸ばした。結局、加藤は白井の話の内容を克明に伝えそこなった。

首相官邸の事務局に朝から立て続けに電話が鳴り、10人の職員が対応に追われた。電話のどれもが、この日細切れに入った南極異変に関する情報だった。もしもこれらの断片情報をまとめて分析することができれば、危機の全体像と取るべき対応の大枠がつかめたに相違なかった。だが、情報の洪水に職員は混乱するばかりで、右往左往する状態が続いた。

30分後、防災担当首相補佐官の狩野が、ようやくこれらの細切れ情報を時系列的に並べて、首相に報告するために部屋を出て行った。職員らは肩書はそれなりに立派なエリート官僚だが、前例のない非常事態となると対応がまるで鈍った。前例に沿って仕事を進める役所の習慣が、柔軟な対応を阻んでしまうのだ。

平時はすこぶる有効な官僚的手法も、大災害のような非常時になるとしばしば自律機能のない、役立たずの代物となる。福島第一原発事故で見せたように、呆然自失、行動不能の体《てい》になる。

白井が夜遅く家に帰ると、理枝が待っていたかのように話しかけてきた。

「大変。ニュースで南極のことを伝えていた。あなたが言っていたロスとかいう大きな氷が崩れて津波が発生したって。大丈夫なのかしら、あたしたち」

「ニュースはそれだけ？　津波の大きさとかアメリカの報道とか当局の見方とか、ロス以外の棚氷や氷河の動向については何も触れなかったのかな？」

「NHKも民放もそれ以上のことは言ってなかった。そうそう、思い出した。NHKが、こう言ってた。気象庁の話で津波の程度は、はっきりしないが、今後の動きを注視する必要があるって」

「大いに注視する必要がある。いまの段階ではロスの崩壊が大規模に起こって、津波が発生したことが分かっている。ニュースはこれを伝えているところだが、事態はもっと進んでいる。氷の崩壊が続いて第2の津波が発生した。第3、第4も起こるだろう」

「どういうこと？」

「南極の氷が融解して割れて海に崩れ落ちるわけだが、原因は温暖化だ。気温と海水温が上昇して氷河・氷床を上と下から融かしている。結果、ロスのような棚氷と呼ばれる陸上の氷河が海に張り出している部分が——と言っても、ロスの面積は日本よりも広いが——薄く脆《もろ》くなって崩れる。すると後ろの氷河が支えを失って海になだれ落ちる。その衝撃で、津波が発生する。気候と海洋の温暖化が原因だから、南極のあちこちで連鎖して起こる可能性が出てきたんだよ」

清が呆然とする理枝に噛みしめるように語った。

「南極観測の研究者の一部は、こういう事態が起こる可能性を予測していた。しかし、起こるとしてもずっと先のことだと言っていた。地球温暖化の進み具合が専門家の予想以上に早かったわけだ」

「では、もう手遅れ？」。理枝が心配そうに尋ねた。

「手遅れだね。津波は止められない、逃げるしかない」。清が言い放った。

「逃げるってどこへ？」

「高みにだ。急いで高い山の上にだ。おそらく津波の高さは10メートル位にはなる。所によってはその2倍にも跳ね上がる。ロス棚氷の崩壊は、これが初めてじゃない。ある研究論文によると、およそ5千年前の縄文時代に短期間に崩壊している。その当時、地質調査から全世界で5メートル程度の海面上昇が引き起こされたことが分かった。今回の崩壊で、少なくとも同じくらいの海面上昇が起こると考えていい。しかし、もっと心配なことは……」

清が言いかけて言葉を止め、理枝の顔をまじまじと見た。

一瞬の沈黙のあと清が言った。

「この続きだ。ロスの崩壊だけでも大変だが、それはおそらく始まりに過ぎない。氷河・氷床の崩壊が続くだろう。連続して起こらないことを祈るばかりだ」

「連続して起こる？　そんなこと、あるかしら」

理枝が怪訝な顔をした。

「ありうる。気象条件が同じようなら氷の融解に大差はない。南極大陸はアメリカ合衆国よりも広大だから気候も場所によって大きく違い、温暖化の程度も複雑だ。むしろ寒冷化していると言われる東南極の一部でも、西南極と同じように温暖化が進んでいる地域があるのは間違いない。この温暖化地域で、ロスに続いて氷の崩壊が大規模に起こるだろう。

東南極の氷床は厚い。全世界の氷のおよそ4分の3が東南極に眠る、と推定されている。その氷が融けだしたら、どういうことになるか――」

清が深刻な表情の理枝を見据えた。理枝がブルッと胴震いした。

「怖い。まさか、現実になるのかしら」

「神のみぞ知る。――だが、ならないのを祈るばかりだ」

理枝が首をかしげた。

「海面上昇の危険性からみると、陸の氷河が崩れて海になだれ落ちるかどうかが、問題ね。南極にはどのくらい氷河があるのかしら」

「そう、主なやつだけで46に上る」

「46も！　みんな静かに落ち着いて、融けずにいてほしい」

「そう願いたい気持ちは分かる。現実は、……そうならない。融けて、緩んで、脆くなっていく。観測地点はほんの一部だが、少なくとも二つの大氷河が崩壊したりその寸前であることが分かった。調べが進めば、氷が予想以上に融けていることがはっきりするだろう。潜水して調べたところ、棚氷の底を暖まった海流が融かしているヤバい状態が次第に分かってきたからね」

清が指摘した危うい例は、西南極のアムンゼン海に面した「パインアイランド氷河」と東南極の「トッテン氷河」だ。

荒天で知られるアムンゼン海。そこに広がる棚氷の先端から数十キロ内陸にある氷河と棚氷の接地線にまで暖かい海水が浸入した結果、2016年に棚氷が完全崩壊したのだ。トッテン氷河が薄く脆くなり、崩壊する恐れが強まったことは、オーストラリアの潜水調査チームが突き止めた。トッテンの崩壊は、世界の海面を平均4メートル上昇させる、と推測する研究者もいる。

清が「南極で見逃してきたのは、——」と続けた。

「海洋の温暖化の影響だ。われわれは気候の温暖化に注意を向けすぎた。海水の温暖化が棚氷を底から急速に融かしていることが判明したのはここ1、2年のことだ。氷の下に潜って水中カメラで撮影を続けたりして、大変な融け具合が分かったのだよ」

「そういうわけ？　でも遅すぎた発見。人類は取り返しのつかないほど、自然を壊して、怒らせてしまったのね」。理枝が虚空を見ながらボソリと言った。

「自然を破壊した罰が突然に下されたのだよ。人類が生き残ったとしたら、従来の生き方をリセットしなければならないね」

清が静かに語った。

18. 来るべき世界

話し終えると、辺りを沈黙が支配した。

白井の脳裏に、あの「島原大変肥後迷惑」の災害がふと甦った。といっても、実際には目撃していないから、情景は想像があぶり出した。

それは圧倒的な迫力で惨状を再現した。肥後国の町民が津波の押し寄せるのを見て、後方に大慌てで逃げるが、すぐに黒い波に呑み込まれ、流された。ある赤子を抱いた若い女性は、目の前に津波が来るのを見て山の手の方に逃げようと向きを変えた途端に呑まれた。もう1人の少年は、いち早く逃げたが、裏山に向かう石の階段で捕まり流された。履いていた草履が津波と共に流れたが、少年の姿は見えない。

5歳くらいの男の子と女の子が手毬をついていたが、遊びに夢中で振り向く間もなく、2人とも黒い波に押し流された。

こういう情景を白井は一瞬にして見たのである。

それは白日の悪夢であった。

ケータイが再び鳴って、ハッとわれに返った。

「大変なことになった。ロスの背後の氷河が崩壊を始めた。マーサーなど幾つかの氷流のある、ロックフェラー・プラトー（高地）からの氷河が、崩れた。これだけで世界の海面を数メートル上昇させる。まだ始まったばかりだ。大がかりな崩壊が続くだろう」。克間からだった。

彼の知らせ通りだとすれば、南極の、いや世界最大の棚氷であるロスの2度にわたる崩壊、パインアイランド氷河の崩壊に続く4連続崩壊である。いよいよ陸上の厚い氷河が崩れだしたのだ。

どうやら海水は棚氷の底を這って陸の岩盤とその上に乗る氷河の隙間に入り込み、氷を底から融かしたようだ。

「暖かい海水がすでに陸の谷間を通って内陸奥にある氷床の中心付近にまで浸入しているのかもしれない。氷床の下には淡水が溜まり幾つもの琵琶湖よりも遥かに大きい湖がある。これらの氷床下の淡水に海水がつながったら、大変なことになる。氷床下を行き来して流れ、氷床を下から急速に融かしていくだろう」

克間の懸念に白井が共感した。

そうなると、南極大陸を覆う途方もなく巨大な氷床があちらこちらで脆く不安定になり、連鎖的に崩壊していく危険が増す。

白井はここで改めてＩＰＣＣが２０１３年に発表した、あの第5次評価報告書の南極に関する不気味な予測を想い起こしていた。

世界の海面水位の上昇が「可能性の高い範囲を大幅に超えて引き起こされ得る可能性」である。

白井はこれを氷床が岩盤にどっしり乗っている安定した状態ではなく、海洋に浮かぶような不安定な構造になった時、氷床の大崩壊が起こりうる、と理解していた。

克間も同様に、観測を続けるにつれ、南極の状況に何かしら胸騒ぎを感じていた。

そして案の定、ついに破局の状況を呈してきた。氷床の厚さが平均して１８００メートルを超える「氷の大陸」が、下から融けて崩壊する最悪のシナリオが、いま、現実に起ころうとしている――。

しかし、人間とは不思議な生き物だ、と白井はしみじみと思った。あれほど気にしていた心配事がいざ現実化してみると、気持ちは（やはりそうだったのだ）とある意味、納得して妙に落ち着いてくる。現実を受け入れる気持ちになるのだ。白井はこれを、明鏡止水の心境だと悟った。

ひとたびそういう心境になると、次の心理的ステップは行動である。恐ろしい現実を受け止め、（ではこうしよう）と起こすべき行動が見えてくる。ブッダが菩提樹の下で世界の実相を悟ったように、何が実相で自分はどうあるべきかが見えてきたようだ。

白井は目を再び閉じてみた。すると、近づきつつある破局は「島原大変肥後迷惑」の地球版に違いない、との思いがふいに湧いた。（肥後国はいまの全世界だ。これは地球を襲う大津波なのだ）。白井は目を閉じたまま、このことを悟った、と思った。

南極発の津波は、すでに3回にわたって発生し、北上しつつあった。これにロックフェラープラトーの氷河崩壊が加わった。崩落の規模は計り知れない。

そこに第5の巨大津波が発生したとの知らせが届いた。第4の発生を知ってから、わずか30分後だった。克間からの電話を白井は身の縮む思いで取った。

「また津波が発生した。超でかいやつだ。今度のはロスじゃない、ロンネだ。ロスに次ぐ世界第2の巨大棚氷だ。こいつが急に崩壊しだした」

白井は「まさか……」と絶句した。

だが、考えてみればロンネの崩壊は時間の問題だった。ロンネは西南極で最も温暖化が進む南極半島の根元に位置しているからだ。

半島先端の気温は、この50年間に2・5度から3度上昇した。半島東側の先端部分にあるラーセン棚氷は、ABCとも崩壊している。「全体として西南極で温暖化が進んでいる」という通説からみて、ロンネ棚氷がラーセンに続く崩壊の最有力候補と目されても不思議でなかった。米紙ニューヨーク・タイムズの調査報道でも、ロンネ棚氷は温暖化で毎年1キロメートル近い速度でウェデル海に向かって下降している、と伝えられた。

（ロンネが崩壊すればバークナー島を挟んでウェッデル海に面した東隣のフィルヒナー棚氷も危ないとみるのが自然だろう）。白井はそう判断した。

白井はいましがた克間が電話で最後に言った言葉を思い出した。

克間は、つぶやくようにこう言ったのだ。

「これで人類はおしまいだ……」

白井はその意味を敢えて問い返さなかった。実感としては分かる。大変な津波が次々に押し寄せてくる恐ろしさで、つい口を突いて出たのだろう。パニックを起こして口走ったのだ――そう感じて白井はあの時、聞き流した。

だが、独り自分と向き合ったいま、この捨てゼリフのような言葉が浮かび上がった。

厳密には、これは人類の絶滅を意味しない、と白井は思った。ハワイのキアロハのように難を逃れる幸運な人間は必ずいる。内陸の高地に住んでいれば、そもそも津波の直撃からは免れる。

（これは、こう置き換えて言うべきだろう。人類が築いた近代文明は、おしまいだ、と）。

白井は解釈をし直した。この南極発津波の度重なる襲来で、人類が到達した近代文明は自ら墓穴を掘ったのだ。自滅したのだ。化石燃料をエネルギー源とした近代文明は地球温暖化をもたらし、気候システムをメチャクチャに破壊して暴走させて狂わせてしまったのだ。

白井はこう結論して、南極半島の地図にあるロス棚氷を改めて見た。

このカリフォルニアよりも広大なロス棚氷は、そもそも人類文明が誕生するおそらく数万年以前の旧石器時代からあった。これを発見したのが、英国人、ジェイムズ・ロスだ。１８３９年に南極大陸沿岸を航海してこの棚氷にたどり着いた。のちに発見者の名を冠して、ロス棚氷と命名された。

ロスは極地探検家で、12歳の時に北極海を叔父に連れられて訪れている。南極大陸にはロスを発見したあと1843年まで3回にわたって航海し、周辺を探検した。その後、日本の探検家、白瀬矗《のぶ》が南極点を目指して〝上陸〟したのが、このロス棚氷だった。彼は〝やった、ついに上陸した〟と大喜びで雪原に日章旗を立てたが、そこはじつは大陸ではなく棚氷だった。初の南極点到達を目指して競争したアムンゼンとスコットも、このロス棚氷から踏み入って極点に向かっている。

だが、いまやその棚氷もあっけなく割れて海洋に崩れ落ち、無数の氷山となって漂いだしたのだ。

そして崩壊の引き金を引いた真因は、自然災害ではなかった。人間活動だった。現代のノアの洪水は、人間自らの手で起こしてしまったのだ。近代文明の産業と消費の飽くなき膨張が、現代版ノアの洪水の真因なのだ。

白井は再び地図を覗いて、ロスの北にあるロンネとフィルヒナー棚氷を見た。

（ロンネがロスに連動して崩壊したのはある意味、当然だった。気象条件は大同小異だからだ。ロンネだけでも崩壊すれば世界の海面を5、6メートル上昇させるだろう、と警告していた専門家もいたっけ。

だが、彼らは崩壊の早さを過小評価していた。彼らは今世紀中に大変な事態になることはない、とタカをくくっていた。IPCCはその危機の可能性をほのめかしてはいたが、仮に各国の温暖化対策が進まない最悪ケースの場合、今世紀末には危険な大崩壊の可能性がある、とやんわり警告したに過ぎない。パリ協定が生まれ、対応がきちんと国際的になされれば、なんとか最悪のシナリオは避けられる、と専門家はみていた。だが、甘かった。危機は突然やってきた。

もう一つ、専門家が軽視していたのは氷崩壊の連鎖性だ。温暖化が一定条件を超えると氷の崩壊が連鎖していく性質の転換、ティピング・ポイントを甘く見た）

白井が努めて冷静になって分析した。

白井はふと日本列島の明日のことを考えた。政府はまだ大変な危機に気付いていない。前例のない大津波が波状的に襲う危険が全然分かっていない。津波の発生は今後も続く。ロンネ、フィルヒナーと背後の氷河。さらに、噂されているトッテン等々の氷河が崩落すれば、どうなるか――。

日本列島も、繰り返し押し寄せる津波で防潮堤や防波堤は全て役立たずとなる。波高10メートル超の津波が続けざまに来襲すれば、沿岸部の都市は水没し、住民のほとんどは逃げられない。

白井は目を閉じてみた。すると、太古の日本列島の姿が浮かび上がった。

（そう、およそ3万8千年前のこと。この日本列島にアフリカ大陸から移動してきた最初の新人がたどり着いたのは……）。白井の瞼に、後期旧石器時代の森林が現れた。若者の1人が弓でナウマンゾウに慎重に狙いをつけている光景が浮かんだ。隣のもう1人の若者は、木の棒の先端にとがった石の矢尻をつけた投槍器《とうそうき》で狙いを定めている。

男の放った矢が、一直線に象の首に突き刺さった。直後に、相棒が放った槍が象の首の上部を直撃すると、ナウマンゾウは崩れ落ちた。どうやら矢尻には黒曜石で作られた石器が使われていたようだ。石器の形は台形状に違いない。してみると、ここは長野県蓼科《たてしな》の近辺か、と白井は想像した。

彼ら最初の縄文人は、いつしか後に日本列島に三つのルートを経由して渡って来た渡来人と混血していく。

三つのルートとは、対馬ルート、北海道ルート、沖縄ルートとされる。約3万8千年前の列島は、氷期でいまより海面が70～80メートル低く、大陸と列島の海岸線はかなり接近していた。朝鮮半島と九州の間の狭い海峡を大陸の渡来人が渡って来たと考えられている。これが地理的に最も近く、多くの渡来人が渡った3ルート中最古の対馬ルートだ。

二つめの北海道ルートの存在も、近年確実視されている。少し遅れてやって来た2万7千年前頃の遺跡が、北海道で見つかっている。サハリンやシベリアの遺跡と似た特徴が見られる。当時は陸続きで樺太《からふと》半島を経由して来た、と考えられている。

三つめは、沖縄ルートだ。沖縄に3万年前よりも確実に古い遺跡と人骨が見つかっている。

最初の新人から少し遅れた約3万5千年前頃と推定されている。台湾や西南諸島を経由して渡航してきたのだ。

しかし、その数はそう多くないと見られている。台湾から沖縄まで100キロメートル以上も離れている。黒潮の激しい流れを御して数週間かけて航海できる比較的大型の船と航海技術が欠かせないからだ。

とはいえ、沖縄に遺跡がある以上、冒険野郎が大海原を渡って沖縄にたどり着いたことは確実だ。

この三ルート——最も渡りやすい対馬ルート、陸続きの北海道ルート、厳しい海越えの沖縄ルートを通じて、縄文時代（約1万5千年前〜約3千年前）の日本人である縄文人は、のちに大陸や南方の海を渡ってきた渡来人と交わるようになる。大陸からの渡来人は増え続けて稲作を伝え、日本の弥生時代（約3千〜約1700年前）が幕明けする。

「現代の日本人のDNAには、縄文人と渡来人のDNAがおよそ2対8の割合で残っている」と国立科学博物館の篠田謙一博士は言う。

こういう現代日本人のルーツを白井は頭に浮かべた。

（縄文人、弥生人が営々と築き上げた日本の歴史と文化。それが愚かな人間活動がもたらした大津波でいま、多くの日本人と共に消滅の危機にあるのだ）。白井はそう思うと、居ても立ってもいられなくなった。

津波は連続発生している。南極の気候と海洋の温暖化が原因である以上、発生が止む見通しは立たない。ここに今回の災厄の特異性がある、と白井は考えた。

大津波が地球規模で襲来する、となると、どの国の政府もこの大災厄を水際で阻止する手立てを持たない。逃げるしかない。

だが、人類のどれほどが逃げられるか。たとい逃げたとしても、生活していけるのか。水や食物を確保できるのか――。

白井の思考は再び現代ニッポンに舞い戻った。

「1億2千万人超の日本人のうち一体、どのくらいが逃げられるのか」。白井は独りごちた。

「東京、名古屋、関西の3大都市圏。津波の直撃を食らうのは間違いない。だが、ここに日本の人口の半分強、6400万人以上が集まっている。東京圏はたしか人口が3500万を超えたはず。秩序だった避難はムリだ。各自がてんでんに逃げるしかない」

白井は3・11を思い起こした。2011年3月11日の東日本大震災と福島第一原発事故が同時発生した、あの忌まわしい日だ。

あの時、政府は放射能が空から降り注いでいる状況を知りながら真実を隠蔽した。本当のことを住民に知らせればパニックを引き起こしかねない、という理由で。

同じ理由から津波の連続発生に対しても、真実をありのまま公表しない恐れがある。

（単に一過性の津波として、避難を呼びかけるのではないか。パニックを起こさないように、と）。白井の思考が行き着いた。

（そうなると、大惨事になるしかない。限られた時間で秩序だった避難などできっこない……）

白井の瞼に、あの「島原大変肥後迷惑」の仮想光景が再び甦った。手毬をついていた子どもらが、津波にさらわれてゆく。

白井は底知れない恐怖に駆られた。

眼前に、日本人が手を取り合ってつながる光景が突然現れてきた。奇妙な感じだった。それはＤＮＡによって人類とつながっている。

６万年から７万年前、アフリカのサハラ砂漠以北に住む人々が、アフリカ大陸から長い旅をして日本列島に渡って来た。現代人のＤＮＡを分析すると、アジアの様々な地域を起源にしていることが分かっている。

古墳時代（３世紀頃～７世紀頃）に大陸から多くの人々が日本に移り住んだ。仏教伝来に象徴されるように日本と大陸の間に文化的交流も行われ、日本の古代文化が形成されてゆく。古墳時代の人骨のＤＮＡを調べると、九州から東北地方にかけて日本人のＤＮＡがこの時期に一挙に現代化していったという。

日本は島国だが、大陸から孤立して大陸と無縁だったわけではない。われわれ日本人は、後期旧石器時代から渡来してきたいろんな人類の血を受け継いでいる。「共通の祖先」は人類なのだ。

白井は、日本というアジア各地とつながった国民、文化が、いままさに存続を絶たれようとしているのだ、と思った。

「逃れる人は幸いなり。だが、たとい全滅は免れても、日本の存在は事実上、過去の出来事になってしまうだろう」

白井は妙に冷静になって、すぐ目の前の近未来を予想した。

「しかし……」と思い直した。「破滅は必ずしも悪いことでない。それは新しい始まりをもたらす」

この機に及んで、白井はひどく、おかしなくらいに冷静沈着な気持ちでいられた。自分でもそのことを自覚していた。迫り来る危機に、意識は研ぎ澄まされたようだった。時間が急に止まった。

白井はキアロハを想った。

（彼は生き延びて復活する。自分の意思を生き残った少数の者に伝えるだろう）。突然、この想念が白井の胸に湧いた。（彼は現代のノアなのだ……）

白井は箱舟を前に交わしたキアロハとの対話を思い出した。

「ノアは休息という意味だ。どれ、わしも航海に出て長い休息を取ることにしよう」。こうつぶやきながら、キアロハはノアの箱舟について薀蓄《うんちく》を傾けた。

「箱舟の寸法は知ってるかい？　長さ150メートル、幅25メートル、高さ15メートルあった。このオリジナルをコンパクトにしたのが、このノア2世号だ。箱舟は〝デヴァー〟と呼ばれた。〝箱〟という意味だ。モーゼが赤子の時にナイル川に流されるために入れられたカゴも〝デヴァー〟と呼ばれてる」

キアロハは大洪水の到来を確信して早くから知識を蓄え、備えていたのだ。

（南極メルトダウンが意味するものは……）と白井は思考を進めた。

（死と復活だ。大自然の壊滅、人類の死と少数者の復活というドラマだ）

白井は視界を遮《さえぎ》っていた霧がみるみる晴れるのを感じた。

（これはとりも直さず人類自らが招いた罰にほかならない。近代化の方向を間違えた、ということだ。どう間違えたのか）。自らの問いをさらに追求した。

（資本主義と技術の行き着いた果てが、南極メルトダウンだ。CO_2をはじめとする温室効果ガスが過剰に排出され、環境の均衡を取り返しがつかないほど破壊してしまった。だが、こうなったのは現代経済システムが暴走したせいだ。環境汚染に対し制御不能になったせいだ。もはやセルフコントロールができないほど、現行のシステムは行き過ぎてしまった。だが、この悲劇的結末はある意味、必然ではなかったか）

白井は以前から頭にのしかかっていたこの根本的な問いを、さらに掘り下げてみた。

（そう、人類は必然的にここに行き着いたのだ。そもそもG7、G20がこぞって掲げるGDP

成長至上主義を取り下げない限り、方向転換は不可能だった。成長信仰の結果、もっと消費を、もっと投資を、もっとカネを――となって止まらない。システムは自動運転モードに入って、しっぺ返しを食らうまで暴走したのだ）

白井が分析のメスをさらに深く入れた。

（しっぺ返しは、人の住まない極地から来た。北極と南極の一部は、地球上で温暖化の影響を最も受けやすい。世界中の真水の６割以上が閉じ込められている南極の氷が急速に融け、海に崩落しだしたのだ。

これが大自然の人類への復讐でなくて、なんであろうか。人類が切り刻み、有毒ガスで汚染された大自然が、ついに反乱を起こしたのだ。大自然の中で唯一手付かずで残った極地からの反乱。これが伝えるメタファーは重要だ）

白井は目を閉じて思考をまた巡らした。

（人類は成功する度に傲慢になる癖があったが、自信と傲慢とが昂じて環境に重大な脅威を与えるようになったのは、１９８０年代からだろう。日本は高度経済成長が終わり、バブル経済に酔い痴れる。ベルリンの壁が壊れて冷戦が終結し、中国とロシア・東欧が開放経済を掲げて経済がグローバル化していく。結果、90年代後半から地球温暖化が急進行していった）

白井はまず歴史的な背景に目を留めた。ＩＰＣＣが指摘したように、地球温暖化の主因は人間活動である。

（これは疑いない。しかし、人間は自ら行う人間活動をなぜ制御できないのか。システムと人間の行動心理から考えてみる必要がある）

問題は、制御できない根本的な理由はあるのかないのか、である。ある、とすれば、依って立つシステムと人間の固有の性質によるものに相違ない。

白井は資本主義システムと人間の本性から地球温暖化は必然で、いずれ破局的事態は避けられない、とみた。

資本主義システムは現在、完全に自由放任されている国こそないが、本質的に「私的利益と所有」の追求が容認されている。となれば、競争相手と戦って私的利益を拡大していく不断の過程が続くとみなければならない。

それは無限に続くプロセスであり、国家はGDP成長信仰者としてその成果を追求し、年ごとに成長目標を定めるのである。リーマン・ショックのような深刻な金融危機で中断されながらも、その本来の拡張衝動は止まらない。

政治が環境保護よりも産業振興を優先すれば、――つまり、資本主義的利益を地球公益的環境保護よりも優先すれば、それでなくても悪化の途にある環境破壊をさらに深刻にし、地球温暖化を一層進めることになる。

資本主義システムは、それ自体が拡大衝動＝自己増殖衝動を持つから、環境破壊は遅かれ早かれ進行する。「環境に優しい政治」はありうるが、その場合でも環境破壊は予測より緩和されこそすれ止まることはないだろう。

国際社会は地球温暖化に危機感を表明しているが、温暖化阻止で一致して解決することはどだい、不可能である。片方で成長信仰にとらわれているからだ。

もう一つ、人間本性の問題がある。個別の環境問題に際し、よくあることは「公益のために掲げる理想には大いに賛成、だが自分らの利益の抑制はご免」である。よい具体案は「総論賛成・各論反対」で決まらないか、お茶をにごすか、先送りされる。これが政治の場で、日常繰り返される風景だ。

私的利益の追求は人間の属性だろう。こうしてみると、資本主義システムの自己運動性と人間のエゴとが、地球温暖化抑止の前に必ず立ちはだかるのではないか——。

では、経済成長しながら温暖化防止はできないのか。白井は考察を進めた。

CO_2排出量の少ないエネルギーの利用を増やすなど、デカップリング（decoupling＝分離）を進めて温暖化を抑制することは大いに可能だ。

最大排出国の中国は、石炭火力発電を太陽光発電などに転換してGDP当たりCO_2排出量を2000年から15年までの間26％減らした。米国もこの間32％減少させた。日本は10％減と停滞するが、先進国、新興国で再生可能エネルギー投資やCO_2抑制投資は急ピッチで進む。

米トランプ政権のパリ協定離脱をよそに、米国でも企業のデカップリングの動きは止まらない。

にもかかわらず、2015年12月に採択され、発効したパリ協定が決めた長期目標達成にはなお程遠い。パリ協定の「世界的な平均気温の上昇を産業革命前に比べ2度未満に抑える目標」を達成するには、CO_2削減ペースを加速し、削減量をさらに4割ほど増やす必要があるのだ。

WMO（世界気象機関）は2017年11月、13年から17年の5年間は世界平均で観測史上最も暑い5年間になると発表した。17年の世界平均気温は前年の観測史上最高に次いで高かった。結果、産業革命前と比べた気温上昇はすでに1・1度に上った。パリ協定が掲げた目標の半分強に達したことになる。18年夏に世界はさらに高温化し、世界の平均気温は観測史上最高記録を更新した──。

白井は地球温暖化を「近代化の産物」として当初は大雑把に「人類の選択の誤り」とばかり考えていた。しかし、よくよく考えてみると、そう簡単には片付けられない。考察してくうちに「資本主義システム」と「人間本性」の二つのキーワードが浮かんだ。

すると、「選択の誤り」ではなく「選択は必然」ではなかったか、との疑念が深まった。人間の私利私欲とそれを解放する資本主義システムとが、人間活動に火をつけたのだ──この考えがだんだんと固まっていったのである。

選択の二者択一――近代化を選ぶか否かではなく、人類の近代化の流れは必然だったのではないか、南極メルトダウンはその延長上にあり不可避の運命だったのだ、と白井はいまでは確信を持って言えた。

しかし、だからといって人間がつくった気候大変動を黙認するわけにはいかない。真実を広く知ってもらうのが自分の務めだと、精一杯頑張る覚悟だ、と白井は自らに言い聞かせた。

「不都合な真実」を隠そうとする勢力が暗躍している現実は身に染みた。だが、この現代の謀略史が暴かれる時間は、おそらく残ってないだろう。白井は腕時計の秒針が流れ動くのを見た。(この1秒ごとに大津波は着実に近付いて来る)。白井は妙に冷静になって秒針の進むのを眺めた。

白井清が近所のスーパーで食品を買っている時にケータイが鳴った。自宅にいる理枝からだった。

「大変、あなたが言っていた通りよ」。理枝の声が響いた。

「いま聞いたニュースで、南極の数カ所で氷河が崩壊して津波が発生したって。詳しいことは言ってなかったけれど、あなたが話したように日本にも押し寄せるようよ」

まだ第一報の速報らしい。

「来るよ、でかいのが幾つも」。清がぶっきらぼうに答えた。

「前にあなたが予想していた事態が起こったのね。怖い話と思ったけど、ニュースは津波の発生を伝えただけで、ほかに何も言わなかった。政府は動いてないみたい」

「少なくとも国土交通省には気象庁から情報が上がっているはず。まだ全貌を把握していないのだろう。そのうちに真相が分かって、大慌てで避難指示が出される。ふつうの津波じゃない。大津波が立て続けに来る。都市を呑み込むくらいのやつが」

聞いている理枝に緊張が伝わって来る。

「避難準備をしなければならない。早いほうがいい」

「でも、あたしたち、まだ何も知らされていない。どの程度の津波がいつやってくるのか、どうすればいいのか。これが分からなければ避難の仕様もないよ」。理枝が厳しい口調になった。

「ぼくが、こうやって知らせている。急がなければならない。氷が次々に崩壊しているから、津波は波状的に発生している。崩壊はいまも進行中で、終わっていない。

津波は4次まで確認された。まだ次々に続くだろう。超巨大なやつが。政府は状況が動いているから、津波の規模とスピード、見通しをつかんでいない。というより、つかめないのだ。事態は流動的で、全体像が見えてこない。とりあえず現時点で得た情報で国民に警告を発し、早めの避難を呼びかけなければならないのに」

理枝が口を挟んだ。

「そんなに切迫した状態なら手分けしてＳＮＳのツイッター、フェイスブック、ユーチューブ、インスタグラムとか、ラインやワッツアップを動員して知らせるべきではないかしら。とにかく友だちや周辺に最大限知らせておかなければ……」

「その通り。避難を皆に呼びかける。ぼくたちも準備にかからなければ。おそらく第一波は20日前後で来るか、それより早いかもしれない。そのあとも、でかいのが襲ってくると想定して取りかかる。何波も襲って来ると」

「とりあえずの用意はできてる。まず水と食料3週間分。それと衣類、タオル、毛布、懐中電灯、マッチ、ライター、ラジオ、コンパス、ナイフ、軍手、カイロ……備蓄してバックパックにしまってある。いますぐに持ち出せる」。理枝が落ち着き払って言った。

「なるほど、さすが。ぼくから話をだてに聞いていたわけじゃないんだ。それでひとまず大洪水でもしのげる」

「あなたの話にあったキアロハの準備万端を聞いてあたしも準備に取りかかったの。旧約の創世記も読んだ。ノアの洪水の時は、洪水は40日間地上を覆った、とある。あたしは今回、もし大洪水があれば当時の半分ぐらいの規模と見立てて用意しておけば、と考えた。ざっくり20日、それで3週間分の備蓄を集めたわけ」

清はいつの間にかアクシデントに備えた理枝の周到さに感嘆した。

「すると、ノアと同じように神のお告げを聞いたわけだ。君は現代版ノアだね」

「フフフ、それはノアに失礼よ。ノアは神と共に歩んだ、〝神に従う無垢《むく》な人〟。あたしとは真逆」

「でもない。君もノアと一緒だ。神は自然の中に宿る、といわれる。ノアと同じに自然を称えて愛し、従ったからね」。清が彼女をノアの同類と決めつけた。

「われわれは大災厄をいち早く知った。この意味は大きい。生き延びてやるべきことがある、まずは自分たち自身を救え、ということ」

清がまくしたてるように言ったあと、

「ところで……」と、急に改まった態度で尋ねた。

「ノアと洪水についてずいぶん詳しくなったね。れいの研究会の勉強は進んでいるの？」

研究会というのは、近所の教会で毎日曜日の朝開かれる聖書研究会のことだ。理枝はこのところ出席を欠かさない。帰宅後、ノートにメモや感想文を丹念に書き留めている。

理枝がゆっくりと語りだした。

「紀元前何世紀もの昔、賢者の知恵は凄い。この洪水だって、お見通しできっと慌てない。旧約のコヘレトの言葉に、こういうのがある。

かつてあったことは、これからもあり
かつて起こったことは、これからも起こる。
太陽の下、新しいものは何ひとつない

驚きでしょう？」

清には聞き覚えがあった。学生時代に聖書に詳しい学友が、一見して聖書の教えにそぐわないこの特異な個所を教えてくれたのだ。聞いた時、「それは輪廻《りんね》や永劫回帰につながる思想じゃないかな」と問うたことを思い出した。

コヘレトとはエルサレムの王、ダビデの子である。あの時、友に言われて早速、原典を当たってみた。それは、この言葉で始まっている。

コヘレトは言う。
なんという空しさ
なんという空しさ、すべては空しい

まるでニヒリズムの教えのようだった。清はさらに行を追っていった。

見よ、これこそ新しい、と言ってみても
それもまた、永遠の昔からあり
この時代の前にもあった

この憂うつなイスラエルの王が、もしも現存していれば、「この大洪水はいまに始まったことではない。いまの時代の前にもあった」と言うだろう。そして「慌てるのは早い。勇気を出せ。ノアの時でも人類は死に絶えず、ノアたち正直者は生き延びたではないか」と。

理枝の声が響いた。

「聞いてる? ノアの時代が再来したのよ。ということは、大洪水が到来して地上の人間を呑み込むけど、ごく一部の選ばれた者は生き延びる。選ばれた者、というのはもちろん比喩的な意味だけど」

「比喩的な意味?」

「そう、大変比喩的」。理枝がクスリと笑った。

「自然の摂理で選ばれる。善人も悪人も、富める者も貧しい者も」

理枝が声を立てて笑った。

「こんな会話を交わすとは、夢にも思わなかったよ」。清が苦笑した。

「だけど、これは預言書だ。永遠の昔にも大洪水はあり、再び繰り返される。それはたしかだ。一つ違うことは、今回の大洪水は人類の産業活動と消費活動が引き起こしたということだ。しかし人間も自然の一部だから、大自然の壮大な循環史の一幕と考えていいかもしれない。自然は永遠の昔から大洪水を起こして地上を滅ぼし、甦らせてきたのだよ」

清が遠くを見るような眼差しで続けた。

「人間は近代化と共に、自分たちを自然から切り離して、自然と敵対してしまったのではないかな。傲慢の罪と言えるかもしれない。人類の近代史はいよいよ清算の時を迎えたのだ。事ここに至った以上、ぼくたちはいち早く難を逃れなければならない。生き延びて一《いち》からやり直さなければならない」

清が決然と語った。


清は即刻、行動に移った。SNSで緊急事態を広く知らせなければならない。ツイッターから始めてライン、フェイスブックと次々に投稿した。

「信じて、すぐに逃げて下さい！　南極発の大津波が近日中に押し寄せる。政府の避難指示を待っていては逃げ切れない。津波の正体は、南極の氷の大規模崩壊なので、被害は相当に大きくなる。だからすぐに、出来るだけ遠くに、高い所に逃げて下さい」

そう書いたあと、発信者として「元気象庁予報官　白井清」と記した。敢えて名乗り出ることで、投稿の信頼性が高まる、と思ったからである。

SNSでひと通り発信し終えると、清は次に地球環境保護で〝同盟〟を結んだ環境省の課長、筒見正人に電話を入れた。

「白井です。南極崩壊の件、聞いてる？　大変な状況だ」

「そのようだね。だが、官邸は何もしていないのか、動きが見えない。どうなっているの？」

「立ち往生だ。この間《かん》に、でかい津波が確実にやって来る。いましがたＳＮＳですぐに避難するように発信しまくった。そっちからも、ＳＮＳで大勢に知らせて欲しい。一刻も早く逃げろ、と」

「了解した。すぐにやろう」。筒見が即座に反応した。

19．大洪水

「キリバスのタラワから緊急の問い合わせが来ました。津波の詳細な情報を教えてくれ、と。一刻も早く、と要請してきました」

白井のケータイに、克間の部下の上山が連絡してきた。克間はいま、取り込み中で、キリバスから緊急要請があったことを白井に伝えるよう上山に指示したのだった。

「キリバスが気象庁に問い合わせた？　津波がどの程度か知ろうと必死なんだ」。白井が応えた。

白井はいずれ襲ってくる津波の恐怖を一番知っているのは、太平洋の島国だと、かねがね気象研究仲間に伝えていた。

「なぜなら」と仲間に説明した。

「たとえばキリバス。ここは環礁の陸地に住民が住む、南太平洋の世界一小さい国だ。人口が最も密集する環礁の大部分は海抜わずか2・5メートル未満。高さ数メートルの津波が押し寄せれば、全土が水没する。全人口は10万6千人ほどと聞いている。住民の全てが津波に呑まれる。これ以上の悲劇はない」。そう言ったことを思い出したのだ。

そのキリバスからSOSがいち早く発せられた。考えてみれば、それは当然の動きだった。海抜平均2・5メートルではちょっとした高波・高潮でも浸水被害を受ける。津波と聞いて逃げる場所は海しかないが、そこはまさしく津波が押し寄せる。（キリバスは万事休すだ）と白井は前から心配していた。この心配が現実になったのだ。

白井はキリバスの要請を聞いて（一刻も遅滞は許されない。避難あるのみだ）と考えるほかなかった。

（可哀相だが、どうしようもない。キリバスは間違いなく海中に沈むだろう）。悲しい結論に達した時、白井の脳裏に温暖化で海面上昇の脅威にさらされるキリバスの風景が浮かび上がった。

キリバスは海面上昇で水没する恐れのある島の代表例の一つに必ず挙げられた。ほかにも太平洋のツバル、フィジー、サモア、トンガ、マーシャル諸島、トケラウ諸島、インド洋のモルディブの名が出てくるが、キリバスがリストから外れることはない。人の大半が住み、首都のあるタラワは、サンゴ礁から成る陸地だ。南タラワの環礁が屈曲した比較的広い地には国際空港が設けられ、周辺に官庁や病院、学校、銀行、商店、スーパーマーケットが立ち並ぶ。

環礁の島はサンゴや海洋生物の死骸などが堆積してできているから、サンゴの生死は島民の将来の死活問題となる。ところが海洋の温暖化や酸性化の影響でサンゴが白化し、死滅するケースが増えてきた。その上に気候変動が影響している高潮被害が増してきたから、住民の将来不安は深まるばかりだ。

むろん住民側も黙って成り行きに任せているわけではない。一部は親類などを頼って、より安全な他の島やオーストラリア、ニュージーランドに移住した。海を愛し故郷に留まる者は、海岸線を補強するため大がかりな植林に乗り出した。迫る高潮を幹と根が抵抗して防ぐマングローブを林立させるのだ。いまでは砂袋よりもマングローブが高波・高潮の襲来に備える最上のツールになっている。

白井はふと数年前の気候変動に関する国際会議を思い出した。

あの時、キリバスの元大統領のテブロロ・シトが温暖化ガス排出の主要先進国を前に、キリバスの置かれた窮状を切々と訴えていたっけ。「ゾウがアリを殺すようなことがあってはならない」「温暖化ガス排出の最小の国が最大の被害国になる」と。

この「最小の原因者が最大の被害者」というキーワードが、フィジー、ツバルなど太平洋の島しょ諸国に共有され、運命共同体的な連帯感で結ばれていった。

温暖化の被害が最大なだけに、キリバスの発言は説得力を持つ。その切実な危機表明は世界を動かし、地球温暖化問題が国際社会に真剣に取り上げられるようになった。

しかし、それを嘲笑うかのように、災厄は大津波の形をとって突然やって来たのである。

思考の行き着いた先は「なぜなんだ?」という問いであった。「なぜ、無実のキリバスが消滅しなければならないんだ?」

白井の目の前に、座礁して浜に打ち上げられた廃船の上から子どもらが海に次々に飛び込んで遊んでいる光景が浮かんだ。それから、ラグーンの浅瀬で若者らが横に並んでマングローブの苗をせっせと植えているシーンが。

（きっと、この瞬間もいつものようにこうやって、遊びや植林に熱中していることだろう。もしかしたら政府から何も知らされないまま）


ふいにまたケータイが鳴った。

克間からだった。一瞬、話の内容を想像して、身構えた。

「やあ、来るべきものが来た」。冷静な口調だが、緊張感が漂う。白井がそっと訊いた。

「次はなんですか？」

「西南極の氷床だ。これが崩れた」

「氷床が崩れた？」

「崩れた。ロックフェラー・プラトーの氷床らしい。一帯が海に陥没すれば、大変なことになる」

「ロス棚氷の支えを失って氷が緩んだ？」

「そのようだ。ロスが崩壊し、ロスにつながる氷河が崩れ、その衝撃でプラトー一帯の氷床が崩れ落ちる。考えられる最悪のケースだ。いずれ大津波の衝撃波が押し寄せる」

白井は西南極の地図を思い浮かべた。ロックフェラー・プラトーは、ロス棚氷の西に位置する。

プラトーを形成している氷床が崩壊したとすれば、日本の3分の1くらいの広さを持ち、厚さ2千メートルくらいもある氷の相当部分が、海に崩れ落ちたということか。

「まさか……」。事の重大さを考えると、言葉を失った。

「どの程度の崩壊かは不明だが、崩壊が観測された。その影響が全球的に広がるのは間違いない」

克間の呻《うめ》き声が響いた。

「これで想定される南極メルトダウンのシナリオが全て出揃った。急速だ、あまりに急速だ……」

克間が状況のあまりの急速な悪化を嘆いたのには、理由があった。ＩＰＣＣ報告に協力した世界中の学者たちは、その第5次評価報告書に記したように南極の氷床崩壊という事態を「ありうる」と認めていた。しかし、それが発生する時期は温室効果ガスの排出が抑制できないシナリオの場合で、「今世紀末」と想定していたのだ。

克間が「急速だ、あまりに急速だ」と呻いたのは、崩壊が現実に起こるにしても「70～80年先」と思っていたからである。70、80年先なら大災難もいまから手を打てば防ぎようがある。

天災は忘れた頃にやって来る――。大地震、津波をみればこの言い伝え通りである。大洪水も同様だ。ノアの時代に地上を襲った大洪水は、太古のメソポタミアの伝説に記され、聖書にも伝えられているではないか。

それは人類の集団的記憶の中にはあった。だが、いまではごく限られた一部の自然との交流者しか、その記憶を思い出さない。ほとんど全ての近代人は、無意識の中に眠るこの集団的記憶を甦らせずに埋もれさせている。忘れたままに放ってある。白井はそう結論していた。

白井も克間も気候変動を巡る研究の途上で、いつしか異常気象と自然の怒りの発作とを関連付けていた。「地球温暖化は自然の怒りを招き、狂わせる」。克間がいつか語ったことを白井は思い出した。

当時、「自分もそう思う。自然の怒りの発作は年々増えている」と応えていた。

この頃、白井は天災についてこうも考える。

(天災は忘れた頃にやって来る。ということは、心の備えを忘れているわけだから、被害は突然に——急速に、あまりに急速に降って湧き、途方もない被害を被る可能性がある。油断しきっている中の突然の天災。計り知れない大災害にならないわけはない)

今回の津波がその典型だろう、と白井はみた。人びとは、まさか南極の氷の崩壊で津波が発生するとは想像もつかないに違いない。メディアも政府も自治体も、このような災害は念頭になかった。考えもしなかったのだ。

すると、この災害は油断がたたって無限大になるかもしれない、考えられる限りの過酷な大災害になるかもしれない。

この天災がいかに意表を突くものだったかは、いまもってきちんとした政府発表や報道がないことからも推察できる、と白井は思った。南極の異変が相次ぐ中、その恐るべき災害の可能性についてはいまなお伝えられていない。気象異変として断片的に報じられたに過ぎない。災害が前例になく、影響が全く読み切れないのだろうか。白井や克間の目には、この間、国際社会は「不気味な沈黙」を続けているかに見える。

克間がポツリと言った。

「部署の者が今朝2人、勤務を放り出して早退した。パニックを起こしたようだ。2人はうわ言のように〝まじで怖い〟〝逃げなければ助からない〟とか〝おれはいまから山形の実家に避難する〟とかブツブツ言って出て行った。災難を予知してネズミが逃げ出したんだよ」

「パニックが足元から始まりましたか。真っ先に真相を知った政府機関の気象専門担当から逃げ出すとは。

噂を呼んで国民の間にパニックが広がれば、収拾がつかなくなります。政府はなぜ状況をきちんと説明しないのでしょう。情報は国土交通省には上がっているのでしょうか？」

「情報はその都度、大臣に伝わっているはずだ。大臣や首相官邸は個別に情報を受け取っているが、一体何が起こっているのか、見当がつかないのではないかな。アドバイザーの専門家も何も言わない。政府が〝次の情報を待って判断しよう〟という受け身の姿勢だとしたら危ない。時間を浪費して取り返しがつかないことになる。避難勧告、指示が遅れる間も津波は北上を続ける。何波にもわたって襲来する。そのスピードが速まる可能性もある」

「速まる可能性？」

「そう、第1波が陸に近づいたりして遅くなるが、第2波が後ろからの第3波に押されて速まる、という具合に。高潮に乗ってより波高に、速くなることもある。災害の性質も程度も分からない、予測ができない、と政府がもたもたしていたら、未曽有の災害から逃れられない」

「アメリカからの避難情報もまだ出ていませんね。メディアも津波の発生は伝えているけど、それがもたらす災害の恐れや対策については報道していません」

「アメリカのメディアの一部が専門家の話として津波と海面上昇の脅威を伝えだしたが、まだ限定的だ。事態を見極めよう、という姿勢ではないかな。パニックを起こすような発表は避けようと慎重なのではないかな」

「前代未聞の天災とあって各国ともWait and seeのようですが、ここは早急に最悪のシナリオを想定して国民に避難を呼びかける。これがスジではないでしょうか」

「分からないことだらけだが、分かった事実をつなぎ合わせ、危機の全体像をつかんで一刻も早く、国民を避難させる。その通りだよ」

克間が同意した。

少し沈黙したあと、克間がおもむろに尋ねた。

「家族には知らせたのか？」

「家族？」。白井がオウム返しに訊いた。白井の瞼に生後6カ月のあどけない娘の顔が浮かんだ。目をパッチリと開け、丸い指をくわえて自分を見ている――。

「アッ、すっかり忘れていました」

「忘れていた？　無理もない。追われていたからね。状況は分かってきた。破局は近い。家族には早めに知らせて、一刻も早く逃げるのだ」

克間が毅然として言った。

「山へ、ですか？」

「できるだけ内陸へ。海抜1千メートル以上の高地に」。克間が具体的に指南した。

白井は妻の理枝とすでに万一に備えて避難先とルートを協議し、三つの候補先を決めていた。渋滞を避けるには、早めに出発する必要がある。

しかし、自分はおそらく同行しないだろう、と理枝に伝えていた。

「仕事を優先しなければならないからね。ぼくが避難するのは最後の最後だ。パブリック・インタレストが先になる。南極メルトダウンが現実になれば、ぼくを置いて先に東京から単独で脱出するように」と。

白井はA4のペーパー1枚に必要事項を書いたメモを渡し、理枝に「後日、必ず合流するから」と約束した。

白井が克間に妻のとるべき対応を伝えた。

「避難先は、おそらく第1候補の長野県の茅野になるでしょう。中央道の混み具合によっては上越道で軽井沢の選択もあるけど、いまの時間、茅野で大丈夫。茅野は生活インフラが整っている上に友人、知人も住んでいる」

「さすがに手回しがいい。すると、おれと君は最後まで前線に残って、国民に状況を伝える重要任務を果たすわけだ」。白井の前にニンマリと笑う克間の顔が浮かんだ。

「一つ、いいかね?」。克間の落ち着き払った声が聞こえた。

「こんな場面が来るなんて、想像していたかな?」

「漠然と想像してました」。白井が答えた。

「克間さんはどうでしたか?」

「想像していたよ。このような場面を。おれと君は通信兵として現場に残る。津波がやって来る間際まで通信を続け、立派に避難を誘導する」

　2人は、まるでベンチに並んで仲よく話している少年のように話した。

「ぼくの場合は、夢でも似たような場面を見ました。誰もいなくなった中継室でNASAの衛星画像を見ている。刻々と近づく津波をスクリーンに映し、ぼくが状況を説明する。アナウンサーが『決して慌てずに、落ち着いて避難して下さい』と呼びかける。すると、場面は変わって、大勢の視聴者の群れがざわめいて動き出す——ざっとこういう光景を夢で2度見ました。現実に起こってみると、既視感を感じます」

「夢のお告げが本当に起こったわけだ。不思議でもなんでもない。一心に考えていたことを夢が再現した。無意識が感知した重要なことを夢に伝えるのだよ。夢のお告げで人類はどれだけ災難を予知してよけたことか。この瞬間にも夢のお告げにびっくりして早速、逃げ出す準備をしだした人がきっといる。無意識との交信者。こういう人はいち早く避難して救われることになる」

克間流の講釈が始まった。ドキドキするような危急の時なのに、「平然として乱れない」と白井は感心した。

「随分、落ち着かれてますね」。白井が言った。

「不思議です。こんな時に落ち着き払っていられるなんて。これが品格というものでしょうね」

「別に。落ち着いて見えるのは、自分の世界からモノ事を言っているせいだろう。『外の世界を自分の世界から見ると』という立場でね」

克間が謎めいたことを言った。

白井は一瞬、「どういうこと？」と訊き返そうとしたが、いろんな思いが交錯して言葉を呑み込んだ。

その頃、首相官邸では首相補佐官の間で激論が持ち上がっていた。公安・国家安全保障担当と防災・国民生活担当とが、南極発津波の扱いを巡って真っ向から対立していた。意見が一つにまとまらなければ、国民に向けた緊急対策を首相に進言するのに手間取り、首相の決断を遅らせて重大な結果を招く恐れがあった。

2人の主張の争点は、国民に緊急避難を求めるタイミングとその説明内容にあった。防災担当の宮川豊は、氷の崩壊は山体崩壊と同じだから国民には津波の襲来を説明し、最大10メートル規模の波高を想定して沿岸住民をただちに避難させるべき、と力説した。

これに対し、公安担当の鶴田錦治は津波の性質も分からないのに軽々に緊急避難命令を出すべきではない、と主張した。根拠薄弱の軽はずみな発令はパニックを発生させる上に国家の威信を損なう、と譲らない。

議論はさっきから30分も続いている。双方が睨み合っていると、開いたドアから伝令役の事務官が息を弾ませて飛び込んできた。

「続報です」。事務官がぶっきらぼうに伝え、メモを議長役の経済財政担当補佐官に手渡した。彼は議長として中立の立場に立ち、2人の論争には加わっていない。素早くメモに目を走らせると、宣告するような口調で言った。

「また新しい大きな津波が発生した模様です。アメリカでCNNが緊急速報を打ちました」

「議長！　急いで結論を出す必要があります」

宮川が金切り声を上げた。議長が宮川の方を向いて何か言おうとした。その時、落ち着き払った鶴田の声が響いた。

「異議あり、議長。こんな時こそ冷静になる必要がある。急がば回れ、です。

手元に岩手県陸前高田市などがまとめた防災の手引きがあります。その中の『津波への備え』に、こう書かれてあります。『津波の危険を感じたら、津波警報などの情報を待たず、すぐに避難しましょう』と」

そう言うと、目をギョロリと議長に向けた。

「ここが肝心な点ですが、パニックを起こさないためにも自主的に避難させることが得策です。自主的な避難となれば、事故があっても国は責任を問われません。住民は自己責任において避難しているわけですから。

大量避難となると、大事《おおごと》です。慎重にやるに越した事はありません。ひとたびパニックが広がれば、大混乱を来たす恐れがある。コントロール不能になる可能性がある。今回、留意しなければならない点は、こういう南極発の津波というものは数万年前はいざ知らず、人類の文明史上初めてであることです。こんな事例はなかっただけに、ありうる被害状況は想像すら難しい。

避難させるには、最悪のシナリオを想定する必要があります。が、この最悪シナリオが状況が不明だから容易に描けない。ということは、避難指示の根拠がはっきりしないのですから、具体的な避難指示を出そうにも不可能ということになります。

それでも避難しろ、といえば、〝正体不明の大津波が次々に襲う、闇雲に逃げろ〟と言うほかない。それで国民は納得するでしょうか。住民は納得して、家族と共に住み慣れた家を捨てて避難するでしょうか。〝なぜ逃げなきゃならないのか。詳しい理由を聞かせろ〟という声が、轟々と起こって当然です。仮にパニックが起こって事故が発生するようなことになれば、行政の責任問題になります。無責任な決定だと政府は非難されます。集団訴訟を起こされることにもなります」

鶴田が議長に理路整然に語ると、議長はコックリとうなずいた。

「言いかえれば」と鶴田が続けた。

「第1に、根拠薄弱の行政措置はそもそもあってはならない。第2に、根拠薄弱のまま避難しろ、と指示したら大混乱を来たし、パニックを広げるのは必定です。したがって実効性が疑わしいばかりか、混乱次第では行政責任が問われ、損害賠償の訴えが起こされる可能性もある。

――こういうことです」

鶴田が勝ち誇ったように議長を見た。

10分後、克間からまた電話が入った。

「落ち着いて聞いてくれ」。低い声が響いた。

白井が身を縮めるようにして、耳を傾けた。

「政府の緊急対策、期待していたが出ないようだ。意見が割れてるらしい。津波の性格を見極めてから避難勧告・指示を出すべし、という意見が根強いようだ。そんな悠長な議論をしているうちに、津波はどんどん押し寄せてくる。もう時間がない。政府に頼ってられない」

克間の息遣いが聞こえてきた。一瞬、間を置いて、ポツリと言った。

「奇妙だが、アメリカでもまだ警報止まりだ。明確な避難指示が出ない。混乱しているのか。それとも大統領がフェイク情報とでもみなしているのか。

津波が迫っているオーストラリア、ニュージーランドも沿岸部の住民に奥地への避難を呼びかけたばかり。もう間に合わないだろう。オーストラリア南端のメルボルンが真っ先にやられる。港湾の石油化学タンクが、いっぺんに津波に呑み込まれる。いよいよアポカリプスだ」

（アポカリプス？）。白井が内心、この言葉を反すうした。（われらの最期を告げる黙示録。予兆は何度かあったとみたが、とうとう来たか。来てみると、やはり思った通りに来た、と妙に納得もする……）

白井が自身のチグハグな感情を取り出して見つめた。それは恐怖と混乱と奇妙な完結感とが入り混じっていた。

「聞こえるかな？」。克間の声が耳に響いた。

「人類の文明の根っこが、まもなく滅びようとしている。多くの人がこれに気付かないまま、死に突然、対面する。おれたちも残りの時間、やり残しのないよう、後悔しないように精一杯やろう。そうだろ！」

「むろんです。後悔しないように精一杯――。土壇場で、希望の光が突然見えてきました。

じつは同僚とSNSで、津波の危険から逃げるように緊急発信したんです。するると、『いいね』の返信が数え切れないほど来ました。いまも続々と入っています。こう返信してきた人もいます。『ほんとですか？　すぐに逃げます！』『愛犬を連れて早速避難します』『両親を説得して逃げる準備をします』。凄い反響です。

SNSの全てを使ったあとは、街に繰り出し、辻説法をします。人びとをつかまえて、直接呼びかけます。新宿、池袋、東京駅辺りに行って。地方でも友人に辻説法を繰り広げてもらいます。マスメディアも取り上げるようになる。多くの人が、事態の重大さに気付いて実際に逃げ出すでしょう。そして逞しく生き残る。第2、第3のノアになるのです」

白井の顔がパッと輝いた。

文明の根っこの滅亡。多くの生者の死との突然の対面。残りの時間とやり残しの仕事。逃げのびた少数者……白井の大混乱した頭の空間を克間の言葉の切片や想像のあれこれが飛び跳ねた。

あの時の風景が不意に甦った。たしか小学5年生の頃だった。ある日、転校してきた少女が教室で紹介される。少女はぼくの隣の座席に座った。髪を後ろに束ね、丸く秀でた額、緊張してパッチリと瞠《みは》った眼差し。ぼくが横顔を眺めていると、胸の小さな膨らみが見えた。彼女がこちらを振り向いて真っ直ぐに見つめた。思わず〝こんにちは〟と挨拶した。〝こんにちは〟

と彼女は応えて微笑んだ。

その笑顔を見て、生まれて初めての恋心を彼女に抱いて、ドッキリしたっけ。

もう一つの風景が続いて現れた。小学6年生の頃だった。盲腸炎で入院した病院に、読書好きの叔父が見舞いに来てくれた。「(手術は) 無事に終わったよ。もう安心。これでも読んでみたら。いい本だよ」。叔父が静かに言って、1冊の本を鞄から取って差し出した。

それはジェイムズ・フェニモア・クーパー作の『モヒカン族の最後』だった。読むほどに、肌着に汗が滲むほど興奮してきた。勇敢で敏しょうなモヒカンの若者、アンカスを応援した。沈着冷静な父のチンガークックを尊敬した。

「本ってこんなに面白いんだ」。読み終えて、叔父にこう感動を伝えたっけ。

なぜ、いまになってこんなことが取りとめもなく思い浮かんだのか——記憶の不思議が白井の頭を掠めた。

気をとり直し、床に正座して目をつぶり、深呼吸をしてみた。

気候大変動による南極発の黒い津波が、車を人を家をみるみる呑み込む。

白井清は心を落ち着かせた。

嵐が去り、陽光にキラキラと輝く穏やかな青の大海原が、目の前に広がった。遠く一艘《そう》の箱舟が漂う。

白井は平静さをようやく取り戻すと、頭を深く垂れ、合掌して何ごとかをつぶやいた。

【著者紹介】

北沢 栄（きたざわ・さかえ）

1942年12月東京生まれ。慶應義塾大学経済学部卒業。

共同通信経済部記者、ニューヨーク特派員などを経て、フリーのジャーナリスト。

05年4月から08年3月まで東北公益文科大学大学院特任教授（公益学）。公益法人、国家予算、公務員制度問題などに関し、これまで参議院厚生労働委員会、同決算委員会、同予算委員会、衆議院内閣委員会で意見陳述。

07年11月から08年3月まで参議院行政監視委員会で客員調査員。

10年12月「厚生労働省独立行政法人・公益法人等整理合理化委員会」座長として、報告書を取りまとめ。

主な著書に『公益法人 隠された官の聖域』（岩波新書）、『官僚社会主義　日本を食い物にする自己増殖システム』（朝日選書）、『静かな暴走　独立行政法人』（日本評論社）、『亡国予算　闇に消えた「特別会計」』（実業之日本社）、中小企業小説『町工場からの宣戦布告』（産学社）、『小説・特定秘密保護法』（産学社）、『小説・非正規』（産学社）。共著に『東日本大震災後の公益をめぐる企業・経営者の責任』（現代公益学会編）。訳書に『リンカーンの3分間―ゲティズバーグ演説の謎』（ゲリー・ウィルズ著・訳、共同通信社）。

日本ペンクラブ会員、現代公益学会理事。

南極メルトダウン

初版 1刷発行●2018年11月30日

著　者

北沢 栄

発行者

薗部 良徳

発行所

(株)産学社

〒101-0061 東京都千代田区神田三崎町2-20-7
Tel.03（6272）9313　Fax.03（3515）3660
http://sangakusha.jp/

印刷所

(株)ティーケー出版印刷

ISBN978-4-7825-3519-6 C0036